S P R I N G

每一本好書都是一顆種子，
春天播種在你的心田夢土上。

Spring

S P R I N G

每一本好書都是一顆種子，
春天播種在你的心田夢土上。

Spring

The Twins

雙胞胎

每個人的降生都是上天註定，
出生，就是一種偉大的祝福。
所有的病痛、困苦、悲傷，都只是歷程，
流過身畔，然後記錄在他的歲月中。
越豐富的栽種，就能結成越甜美的果實。

不必強求，只要用心的去感受生命裡的分秒。去努力，去快樂，去悲傷，也學著去珍惜。

雙胞胎

The Twins

| 目錄 | Contents

《楔子》

醫院裡，坐著一對雙胞胎，正靜靜的等待著他們身體檢查的結果。

門推開，一個穿著雪白長袍的醫生，手上拿著剛剛才出爐的資料，兩道眉毛緊緊鎖著，蒼白的臉上好像在琢磨著什麼。

雙胞胎對望了一眼，內心同時想到，「檢查結果，似乎是不樂觀？」

醫生坐上了象徵他權威與地位的醫師椅，靜靜的看著他們倆各一會兒，才緩緩吐出一口氣，說道：「這是關於你們的心臟。」

雙胞胎同時深呼吸，我們的心臟？果然有問題嗎？

「該怎麼說呢？你們心臟有一根運送血液的血管堵住了。」醫生拿起一直放在桌上的心臟模型，敲敲左心室下方，有一條很小很小的青色血管。

「因為你們這根血管被堵住，所以周圍的心臟肌肉會慢慢壞死，我們找不出它堵住的原因，也許在一開始的胚胎細胞分裂上，這缺陷就已經存在了。」醫生嘆氣。

「但是，因為它的存在並不是絕對重要，所以，在短時間還看不出來，至少，在你們現在的年紀，心臟仍能負荷你們一切日常生活所需。」

「現在的年紀可以負荷……」雙胞胎互望了對方一眼，其中一個舉手發問。

「那，我們可以活多久呢？」

「很難講。」醫生沉吟了一會，「也許二十年，也許五年。」

「二十年？五年？」雙胞胎在彼此的眼中，找到相同的震驚。

「如果能完全避開油炸、油膩、菸酒、咖啡這些刺激物品，並且每天保持適度的運動，讓心臟的負擔完全減到最低，也許能活過二十年。」醫生說。「但，如果你們執意燃燒生命，我想，這顆殘破的心臟恐怕，只能勉強用五年而已。」

雙胞胎看了看彼此，陷入無聲的沉默。

「很遺憾，給你們這個壞消息。」醫生又嘆了口氣。

「不，醫生謝謝你。」雙胞胎一起站起身，有點搖搖晃晃的。

「千萬保重！希望你們每五年都來醫院複檢？ＯＫ？」醫生抬頭，眼神中憐憫。

「ＯＫ。」雙胞胎之一回答。

「如果……能夠活得到那個時候的話……」另一個雙胞胎說。

如果，能夠活到那時候的話？

《01—兄弟倆的決定》

這一對雙胞胎的哥哥叫做「翟」，弟弟叫做「光」，他們是一對兄弟，從出生到現在，一直攜手並行的他們，卻在同一時間，聽到這可能讓他們生命從此改變的噩耗。

離開了醫院，兩個人始終沒有說出半句話。

哥哥開著車，弟弟坐在他身旁，兩人沉默。

車子快速的穿過車陣。

「你現在打算怎麼辦？」哥哥右手一搭，方向盤往右，車子也往右。

「我不知道。」

「我也不知道。」哥哥雙眼一直看著前方，嘆了口氣。「唉。」

「剩下五年生命，是不是太短了？」弟弟也嘆氣。「我們現在大學三年級，還得花一年畢業，找個老婆，當個兵……五年實在不夠。」

「嗯，也許我們可以選擇二十年，這樣時間就會夠用了。」哥哥說。

「二十年？嗯……」弟弟雙眼直視前方，若有所思。「如果要我千篇一律地過完全一樣的日子，過二十年，我可受不了……」

「可是，揮霍生命就會只剩下五年。」眼前路口的紅燈亮起，哥哥踩了煞車，雙胞胎的身體同時一晃一晃。「這樣就結束，好嗎？」

這樣就結束，這樣好嗎？

哥哥的眼神，深深注視著弟弟，而弟弟卻在這時候笑了起來。

「哥，我決定要痛痛快快玩個五年。」

「不好吧？」哥哥看著他，皺眉。「你是我唯一的弟弟啊，你如果只有五年生命……」

「這是我的決定。」弟弟拍了拍哥哥的肩膀，一個鼓勵的微笑，「我沒有家累，不像你有小紅，哥，請你好好疼她。」

「啊？小紅？」

哥哥沒有再說什麼。

對哥哥翟來說，已經交往了整整三年的女朋友小紅，是不能割捨的重要生命。

如果要他學弟弟光一樣，拋開一切，去痛痛快快玩五年，意味著他要拋棄既有的一切，感情甚篤的小紅，好不容易考上的台大學歷，還有白髮蒼蒼的父母期望。

未來二十年，也許無法再閃爍而耀眼，至少，他保護了生命中最重要的東西。

放不下，哥哥知道自己絕對放不下。

於是，弟弟的選擇，哥哥的選擇，從此分開。

「就這樣決定了！」弟第一掃剛剛的陰霾，露出灑脫的眼神，深深吸了一口氣。

「哥哥，家裡，傳宗接代的事，就交給你了。哈哈。」

「嗯。」哥哥的手離開方向盤，握住弟弟的右手。「不管到了哪裡，記得寫信給我。」

記得寫信給我。

哥哥太清楚他雙胞胎弟弟的想法，生命若是只剩下五年，他絕對不會浪費一分一秒。

現在，就是弟弟起飛的時刻。

「我知道。」弟弟右手一翻，很用力的回握哥哥的手。

很用力，很用力，彷彿永遠不會離棄的力道。

「哥哥，也許我們再也沒有機會這樣握手了喔。從媽媽肚子裡，我們就不曾放開的雙手，終於要放開了嗎？」

弟弟微笑，沒有說出口的話，化作晶瑩的水珠，在眼眶中打轉。

「弟弟，千萬要保重。不管怎麼樣，都要好好的活著。」一模一樣的笑容，在哥哥臉上，還有一模一樣溼潤的眼眶。

「你也是，不管怎麼樣，都要好好活著啊。」

「不管是五年，還是二十年，我們永遠知道，曾經有一個人跟自己這麼親密。就夠了。夠了。」

兩兄弟相視微笑，在彼此的眼淚中，深摯祝福。

還記得，在國小時，雙胞胎兩人還穿著卡其色制服，坐在台下聆聽老師說故事的時候，曾經填過一張問卷。

問卷中有許多關於人生的問題，對他們來說都太過早熟，不過，他們卻記得，問卷的最後一題，是如此寫的：

「如果你只剩下五年的生命？你會做什麼？」

調皮的弟弟很快的填上了，「我會去旅行。」

而沉穩的哥哥卻填上，「我會好好的珍惜周圍的朋友。」

這是他們兩個雙胞胎問卷裡，唯一的差異。

對他們來說，是罕見的差異。因為從小開始，他們兩個就在一起，不分離。打從共享一個胎盤開始，他們一起穿上國小制服，一起在國中升旗遲到，一起看電影，一起跟女孩搭訕，一起交換穿制服玩弄朋友，一起高中挑燈夜戰，一起考上第一志願，一起去打工賺錢，一起……

沒想到了最後，連生病都一起。

發病的那天，弟弟正在籃球場馳騁，自己隊友發動快攻，把球甩上天空，弟弟跑過半場，在空中撈下這顆漂亮的長傳。

然後，弟弟一個轉身，卻發現他背後已經站著一個比他高大十公分的對手。

弟弟微笑。

他躍起，籃球彷彿有生命似的，從他的右手滑向左手，閃過了敵手如城牆般的身軀。

眼看著，球就要應聲入網。

弟弟，卻彷彿聽到了一個奇怪的聲音。

又重又猛烈的聲音，像是敲門聲，又像是咆哮聲，從自己的胸膛中傳了出來。

然後，弟弟摔落了下來。

他昏迷前的記憶，是那顆還在籃框上不斷旋轉的籃球，以及從遠方不斷跑過來，臉上驚惶詫異，雙手揮舞的隊友們。

還有，在空中和自己相同痛苦的臉，那是哥哥的臉……

而哥哥，則正準備著為期三天的童軍營隊，這三天以來，哥哥和隊友們每天只睡三小時，卯足全力準備所有的營隊細節，包含每個活動的排演，每個食衣住行，以及每個小隊員的名牌保險等等……

就在整個營隊活動就要結束，劃下一個完美句點的同時。

哥哥忽然感覺到胸膛一窒，他看向天空，天空的雲朵，映著讓哥哥睜不開眼睛的亮光。

亮光中，哥哥似乎看到了，弟弟正痛苦的倒在地上，和自己一模一樣的痛楚，銳利的從胸膛中傳了出來。

於是，兩人分別從不同的地方，緊急被送來同一家醫院。

推入急診室中，開始精密而緊急的檢查與搶救，直到後來，醫生對他們宣布。

「很抱歉，你們的心臟只剩下二十年或是五年。」

於是，第一次，兩兄弟放開了彼此的雙手，踏上了不同的路。

他們選擇了分離。

這是第一次，也可能是最後一次。

《02｜弟弟的旅行日記》

弟弟是標準的實踐派，短短的三天，他就在台大辦了休學，收拾自己的行李，帶著哥哥與父母厚厚的祝福，孤身到國外去旅行了。

哥哥卻依然在學校內，奮鬥未完成的學業，此刻的他開始一改以往日夜顛倒的大學生活，過著規律無比的生活。

當然，他更疼惜小紅了，因為他知道就算還有二十年歲月，要報答小紅深深的情意，仍嫌太少了。

第一站，弟弟到了歐洲，歐洲曾是他夢想的大陸，優雅的建築，悠閒的人們，乾爽的空氣，還有歐洲才有的陽光。

對每個在歐洲自助旅行者來說，火車是非常便利的交通工具，接壤半個歐洲的鐵軌，將每一個對這片土地懷著夢想的人，送達到他們夢中之境。

弟弟一如所有的旅行者一樣，只背著一只大背包，吃喝拉撒睡都在火車上，一看到想下車的城鎮，就毫不猶豫的跳下車，玩個兩、三天再回火車上。

那些吸引他的小鎮，也許是一望無際的葡萄園，也許是碧藍遼闊的海岸線。弟弟總是毫不遲疑的先衝下車，然後再考慮以後的問題。

以前所訓練的英文能力，在有著濃厚口音的歐洲鄉間，竟然完全派不上用場，弟弟只好發揮人類最原始的溝通能力。

雙手，和笑容。

每到一個可以寄信的地方，他總是不忘寄信或是明信片給哥哥。

就為了兩個原因，一個原因是他希望哥哥能分享他的生命。那個選擇了平淡的哥哥，也能分享一些人生應有的起伏。

一個則是他們絕口不提的默契，「如果我的信停了，請不要為我悲傷，我現在一定是在自己喜愛的地方，輕輕的睡著了。」

來到歐洲，弟弟當然沒有放棄品嚐這裡的咖啡、酒，以及偶然遇見的美女豔遇。

他義無反顧，燃燒自己的生命，只有在某些時刻，心臟會不安定的戰慄，他總是按住胸口。

痛苦與不安一閃而過，隨即，弟弟又換上慣有的瀟灑笑容。

汽笛聲，叭……

火車進站了。

終於，長達六個月的歐洲列車停下來了，弟弟回到了最初上車的地方，他笑了笑，扛起陪他流浪整整六個月的背包，緩慢的走下火車，這六個月他走過一片碧海藍天的希臘，走過崩塌的柏林圍牆，走過濃霧重重的倫敦，走過熱情的義大利。

六個月，陽光跟他初來的時候一樣燦爛，甚至連白雲的形狀都幾乎相同。

六個月，對地球上大部分的人來說，不算什麼吧？

甚至短暫到什麼都來不及改變，就飛逝了。

而對弟弟來說，卻已經用去了僅存十分之一的生命了。

弟弟雙眼透露著一點茫然的色彩，隨即又展開笑顏。

「接下來，要去哪裡呢？」弟弟打開背包中的旅行地圖，手指頭慢慢在地圖上游動著。「嗯，就這裡好了，一個擁有歷史不長，卻充滿冒險傳說的地方——美國！」

《03 — 夢》

現在是清晨六點半，哥哥剛從游泳池出來，身上微溼的水珠，和冷冷的陽光，組成了早晨獨有的氣息。

他看了看手錶，嗯，六點半？很好。

一切都按作息來。沒有出錯。

等會兒去吃早餐，然後上課，唸書，下午再運動，晚上唸書，對了，晚上八點半要去接小紅，今天她家教。

哥哥仔細的推敲著，今天一整天的行程。

如果沒有意外，今天又會是個單純的日子吧。

跟昨天，前天，甚至跟明天也一樣。

他抬起頭，看著遙遠的天邊，早晨的天空，才剛綻放出深藍的色彩，這樣平凡而簡單的生活，總是讓他特別想念弟弟。

弟弟，現在歐洲的天氣如何呢？

《04｜夢之二》

此刻的場景，低矮的磚瓦，幼童的笑聲，還有一種獨特的泥土味，一種只屬於鄉下，尚未被世俗所污染的味道。

那是屬於哥哥和弟弟，童年的氣味。

兩個一模一樣的小孩，穿著短褲短袖，臉上因為剛才玩耍而沾滿了泥巴，他們正站在高牆邊，直盯著高牆後頭的楊桃樹。

「哥哥，我想吃。」弟弟拉了拉哥哥的衣袖，若不是這句話，倒沒有人可以分辨誰是哥哥，誰是弟弟。

「我也是。」哥哥聽到自己肚子裡面咕嚕咕嚕的聲音。

「那怎麼辦？」

「你爬上我的肩膀去摘楊桃。」哥哥蹲下，很用力的拱起頸背，決定讓弟弟爬上去採楊桃。

「嗯。」弟弟點頭，很吃力的踏上了哥哥的肩膀。

然後弟弟感覺到身體正在上升，是哥哥用力把弟弟給抬了起來。

然後，弟弟使勁的伸出六歲幼童的小手，撈啊撈的，卻怎麼樣也撈不到眼前發出微醺甜香的楊桃。

「嗯……快……嗯……弟弟，快點！我快撐不住了……」底下的哥哥發出呻吟。

「只差一點……快拿到了……」弟弟很努力，很努力的伸出右手。

還是沒搆到，只有手指的尖端，輕輕的點著樹枝上的楊桃。

翠綠的楊桃晃啊晃，就好像是此刻夏天的涼風。

「算了，我要爬上牆！」弟弟賭氣的說：「哥哥，你幫我，一口氣跳到牆上。」

「喔。」哥哥揚起頭，個性沉穩的他有些遲疑，「可是牆這麼高……你等一下怎麼下來？」

「不管了！我一定要吃楊桃。」弟弟個性中冒險和任性的部分，在吃不到楊桃的此刻，全部展現了出來。

「好。」哥哥思考了一會，他毅然蹲下，伸出雙手捧住弟弟的腳。

「一、二、三！」兩人同時用力，弟弟身體往上一彈，然後，他雙手在最驚險的時刻，抓住了牆沿。

The Twins
雙胞胎

一個小小的身體，在高牆上懸來懸去。

「弟弟，你沒問題吧？」

「沒問題。」弟弟雙手一撐，就這樣單腳勾住了牆沿，俐落的爬上了牆頂。

「好球！」哥哥歡呼。

「是啊，好球。」弟弟對著牆下面的哥哥，比出了一個V的手勢。

「可以媲美我們上次三振小技他們了。」哥哥也得意的笑了。

「哥哥你知道嗎？站在高牆的感覺好舒服，夏天的風好涼，還可以看見遠方的海喔。」弟弟站在牆上，閉上眼睛享受起來。「哥哥，你真該一起跳上來的。」

哥哥的生性較嚴謹，他催促道：「弟弟，快點，這株楊桃樹是有主人的，還是那個專打小孩的張老伯……」

「OK！」弟弟扯下了剛剛一直伸手未及的楊桃，一手一顆，隨手拉下了五、六顆。

底下的哥哥仰頭，接住弟弟丟下來的楊桃，張著沒有長齊門牙的小嘴，哈哈的笑著。

楊桃的香氣，唧唧的蟬聲，屬於這雙胞胎的夏天回憶。

只是……

「幹！你們在幹什麼？」

兩兄弟轉頭，看見了一個穿著拖鞋、內衣，粗黑的叔叔直往他們這裡衝過來。

「完蛋，真的是張老伯！」

「幹！偷我的楊桃！不要走！每次都被偷楊桃，非殺雞儆猴不可！」叔叔張嘴大罵，腳上的拖鞋咖啦咖啦的響著，急速的追了過來。

兩兄弟對望了一眼，「走啦！」

可是此刻弟弟仍在牆上，兩兄弟隔著高牆，遙遙相望。

「怎麼辦？怎麼辦？怎麼辦？怎麼辦？怎麼辦？怎麼辦？怎麼辦？」

張伯伯越追越近，怒吼聲就在他們眼前。

兄弟倆沒有說話，只是專注的凝視對方的眼睛。

「跳下來，我會接住你。」

「跳下去，你會接住我。」

沒有說話，他們用眼神就交換了，所有的語言和信賴。

嘩！弟弟使勁往下一跳，

然後，哥哥很勇敢的伸出雙手，毫不閃躲。

毫不閃躲。

張伯伯的怒罵聲，冗長的牆邊小徑，好像永不停止的蟬叫，夏天，飄著冉冉蒸氣的石頭路。

危險，都已經過去了。

兩兄弟正坐在河邊，脫掉了鞋子，洗著剛剛逃跑時的一身的汗水。

「呵呵，幸好，最後還帶了一顆楊桃出來。」

嘴裡甜甜酸酸的楊桃氣味，身上小小的擦傷還隱隱作痛，兩兄弟彷彿忘記了剛剛的危險，正哈哈笑著。

一個屬於他們的小小的夏日記憶，像是小精靈的寶藏似的，正珍藏在他們彼此的夢境裡。

台灣的午後——

「翟，你剛剛做什麼夢啊？笑得好甜喔。」小紅爬到了床上，捏了捏哥哥的臉。

哥哥爬起身，用力伸了一個懶腰，微笑道：「沒什麼，只是夢到以前的事……」

「以前的事？」小紅側著頭。

「是啊，以前的事，那是一段我和弟弟一起去偷摘楊桃的故事。」

「喔。」小紅瞇著眼睛笑了，因為她看見了，她心愛男人嘴角洩漏出來的滿足笑意，那一定是一個非常棒的夢吧。

而同一時刻，歐洲的夜車上，剛醒過來的弟弟，正望著天空的星星發呆。

嘴角隱隱的笑意揚起。

——哥哥，那顆楊桃的味道，我現在還記得呢。

《05｜包裹》

「弟弟又寄信來了？」小紅看到哥哥正在低頭拆著包裹。

「嗯。」哥哥忙得頭都沒抬，只是微笑應答。

「這次從哪裡？歐洲？美國？還是……」

「離開歐洲了，現在正在美國。」哥哥笑了笑，「這個郵戳我還認得出來。」

「呵呵。好欽佩他，就這樣一個人赤手空拳的去旅行。」小紅露出嚮往的神色。「一個人背著大包包，在世界各地漫遊，把我們從前在書上看到的那些景色和文化，全都玩上一遍！」

「嗯，他啊，向來都是勇氣十足。」哥哥微笑，嘴角中有著對弟弟的驕傲。

哥哥拉開包裹，垮一聲，裡面掉出五光十色，卻又不知名的小飾品。

「哇哇哇！好漂亮！」小紅驚呼。

「呵呵。的確漂亮！」哥哥抓起其中一把，充滿異國風味的小飾品，閃閃發光。

「看來，他這趟旅行一點都不寂寞。」

「好漂亮的護身符唷！你弟弟真有眼光又很細心。」小紅拿起那個特地送她的禮物，禮物上貼著弟弟親手寫的紙條。

紙條上是這樣寫的：

「祝小紅姊姊國考順利，這是來自北美的祈福娃娃，手裡提著手術刀的模樣，讓我老是想到小紅姊姊拿手術刀切割病人胸膛的樣子，這樣的禮物，送給平常老是動刀動槍的醫生，我想最適合不過了吧？

弟弟敬上」

「呵呵，弟弟個性還是一樣怪，怪得有趣。」小紅摸著眼前的小娃娃，頗有巫毒派的風格，不過娃娃本身卻裝飾得古樸而可愛，讓人愛不釋手。

「對啊，我真以這個弟弟為榮。」哥哥笑了，驕傲的笑了。「他的勇氣，真讓我自嘆弗如。」

「不是喔。」小紅搖頭。

「咦？什麼不是？」

「在我心中，你的勇氣一點都不會比弟弟少喔。」小紅小聲的說。

「啊？」哥哥抓了抓頭髮，「可是我不像弟弟去世界各地遊歷，我只能選擇待在家裡……」

「才不是！你選擇的路，我覺得……」小紅低下了頭，「其實比你弟辛苦很多很多倍！」

「啊？」哥哥不解的看著小紅。

「二十年。」小紅的雙眼紅了，「你願意過這樣的二十年，拋棄你心中曾經可能有過的夢想，放棄刺激而有趣的冒險生活，就這樣過二十年。」

「嗯。」哥哥沉默。

「為了……親人……朋友……還有我……」小紅越說，聲音越是哽咽。

「不要這樣說……」哥哥握住了小紅的手，「我是自願的。」

「可是……」

「小紅，還記得嗎？」哥哥笑了。「在第一次遇見妳的那個夜晚，我就知道，我遇到了我生命中的天使，成為天使的守護者，就是最幸福的事情。」

「嗯。」小紅垂下眼瞼，點頭。

「我不知道上天為什麼要給我和弟弟這一份考驗，讓我們無法像正常人一樣健康而平安的活到老，可是，我只知道，也許就是這份考驗，給了我一個機會，讓我更懂得珍惜我所愛的人。」哥哥微笑。「我的選擇，跟當初一樣，就算過了二十年，還是一樣。」

「我也是。」小紅睜著盈滿淚水的雙眼，「就算只有二十年，我還是不後悔，遇見了你。」

「謝謝。」哥哥把小紅很用力的摟進懷裡，懷裡的溫暖讓哥哥的眼眶也同樣溼暖了起來。

哥哥抬起頭，看著天花板。

此刻的他，卻不得不問自己：

「親愛的神，如果您真的存在，為什麼？為什麼要在我擁有了夢寐以求的幸福之後，要給我這樣的考驗呢？」

《06｜弟弟的信》

親愛的哥哥：

我現在美國，目前一切都很好，無論是身體或是心情，看過了紐約的自由女神，走過一切都很「大」的美國，目前的我正在前往西雅圖的路上。

我預計會在四個月內，從西海岸到東海岸，繞美國一圈，然後花三個月玩剩下的美洲。

你真該來看看！哇塞！

老是待在小小臭臭的台灣，會忘記世界有多麼寬闊，壯麗的紐約夜景，連綿不絕的山色，還有各式各樣稀奇古怪的人們。

有時候，我會想這個地球還真的很偉大，每天馱著這麼多人，扛著這麼多的事物，還得不斷辛苦的轉動。

偏偏這一轉，就是五十億年。

不過，也許因為地球轉動永不停止，人類才會不知不覺，開始邁開腳步跑著，跑著，為了追逐每個未來與每個過去。

也因為地球不斷轉動，在不同城市的我們，才有機會看到相同的星星，一起對它許願。

以前從來沒有注意到，原來地球每分每秒不斷的推進著。

直到踏上了環遊世界的旅程之後，才明白越過了換日線，這個世界是這麼遼闊。

不過，我卻也開始慌張，地球轉了一圈，我又少了一天了。

呵呵，如果你看到現在的我，一定不敢相信是我。

我現在留起了鬍子（雖然只是一點點碴碴），染了金紅的頭髮，加上一身被全世界灰塵折磨過的衣服，簡直是個嬉皮中的嬉皮。

但是，我知道自己沒有時間去顧及我的形象。

沒有時間了。

世界越玩越大，越玩越覺得不過癮。

哥哥，真不想死對吧？當我看見了這世界的偉大和壯闊，我內心的疑問卻越來越大，為什麼？為什麼就在我們開始明白生命美好的時刻，神，卻選擇要以時間為籌碼，奪走我們的性命？

為什麼？為什麼？

好幾次，我總是這樣問著自己，為什麼死亡來得這麼快？我們的青春才剛剛開始啊！

P.S.1 對了，我底下附著照片，還有我一路上所有買過的紀念品，這些東西對我來說是累贅，就麻煩你處理了！

P.S.2 對了對了，那個護身符是送給小紅的，祝她第一次國考順利！

就降囉，還有，別回信給我，因為郵差永遠跟不上我腳步。

《07 遇見吉普賽女人》

「年輕人，有沒有興趣算個命？」

「啊？」正走在曼哈頓街道的弟弟被一個路旁突如其來的聲音喚住，他愣了一下，停步。

「算算你的未來，不準不要錢。」

「好。」弟弟露出調皮的笑容，「看妳能算出我什麼未來……」

那是一個蒙著面的吉普賽女人，她盤腿坐在地攤上，身前有一個看起來很廉價的水晶球。

「你，來自東方。」吉普賽女人，用她纖長的指頭在水晶球上摩挲。

「這誰都看得出來啊。」弟弟聳肩。

「你即將環遊世界。」

「當然，因為我包包上貼著少說有二十國的國家貼紙……」弟弟微笑，轉頭晃了晃自己的背包。

「你在找尋什麼……」

「哈，人活著不就是在找尋什麼嗎？」弟弟露出無奈的表情。

「嗯。還有……」

「還有什麼？」弟弟追問。

「還有，」吉普賽女人忽然掀開了面罩，露出一雙大眼睛瞪著弟弟，「你很吵欸！可不可以閉嘴！」

「呵呵，好啦……」

「你……嗯？」吉普賽女人那雙眼睛，忽然一瞬間迷濛，充滿迷離的色彩。

「咦？」

「啊？我……怎麼了？」弟弟看見吉普賽女人的異狀，急忙追問。

「你……不完整。」

「啊？」

「是啊，你並不完整，你的靈魂只有一半，還有一半在遙遠的他方，你是在找尋他嗎？」吉普賽女人搖頭。「不，你不是，你不是在尋找他。」

這段話讓弟弟安靜了下來，他內心想著，「有點玄了喔，還是乖乖聽好了。」

「你的生命找不到出路，就算有如此旺盛的靈魂，最後還是被困在死角裡，找不到出路啊。」

「找不到出路？然後呢？然後呢？」弟弟一聽，難道，這位奇怪的吉普賽女人，猜到了自己的心臟……

「然後……」

「然後怎麼樣？」弟弟追問。

「天機不可洩漏。」

「哎呀！」弟弟捽倒，怎麼全世界的算命，都來這一套啊……

「我只能說，就算你找不到出口，但也許你可以幫你另一半找到出口。」

「嗯……幫另一半找到出口？」弟弟陷入沉思，這句話是什麼意思？如果另一半指的是哥哥，那找到出口，又是什麼意思？

「……」吉普賽女人放下薄紗，閉上雙眼，不再說話。

「嗯，謝謝妳，這是五塊美元。妳說得很準。」

「錢，不用了。」

「啊？」

「你是個很好的年輕人，希望五年後……還有機會見到你。」吉普賽人搖搖頭。

「五年後……」弟弟想起了當時醫生所說的話，五年，不就是生命的期限嗎？

「五年後，如果還有機會，我會請我哥哥寄給妳。」弟弟露出淡淡的微笑，苦苦的，也酸酸的。「謝謝。」

吉普賽女人，看著弟弟的遠去，輕輕嘆了一口氣。

「真是很好的年輕人，如此旺盛的靈魂，一定可以找到出路的。」女人的眼中飽含了淚水。「一定可以的。」

《08 哥哥。日記》

××××／十一／六　天氣晴

我的倒數期限：大約七千零九十九天／弟的倒數期限：大約一千六百二十四天

這是得知自己心臟生病以後的第二十一天。

這兩百天以來，我的心臟跳動已不像發病那時候這樣的瘋狂，除了稍微的雜音，血壓和心跳數都和平常人一樣。

今天去找了指導教授，跟他談起三年就從大學畢業的事情，教授說他雖然盡了最大的努力，卻依然沒辦法說服系上其他的教授，讓我提早一年畢業。

但是，他又說根據我目前全都前三名的成績，再加上已經修完了所有該修的學分，應該可以先進入職場，成為半工作半唸書的狀態。

其實這樣也不錯。

跟爸媽和小紅商量之後，就會這樣繼續走下去吧。

我希望先有幾年的工作經驗，然後有機會能回到學校攻讀博士，之後繼續我的研究生涯，順利當一名教授。

最近常常收到弟弟從遠方寄來的消息，看來他真的玩得很過癮，呵呵。

小紅最近忙著第一次國考，焦頭爛額，還是少打擾她吧。

又過一天的日記。日記又過了一天。

闔上了日記，哥哥咬著筆，沉思起來。

當初為什麼要寫這本日記呢？

從醫生宣布他們死期將近開始，他就從抽屜裡找到了這本已經半殘破的日記簿。

拭去灰塵，重新開始他的日記生涯。

每天一篇，每天一篇，就這樣寫了兩百多篇。

也許有人會笑，剩下十九年生命的人寫什麼日記？

也許有人會笑，一成不變的生活寫什麼日記？

就算是一成不變，就算枯燥乏味，還是哥哥的人生啊。

稍縱即逝的生命，哥哥只能藉著寫日記，來重溫自己珍貴的每分每秒。

人們之所以不喜歡去回顧過去，是因為他們相信未來會更好，未來，代表著無限的生機。

而哥哥卻失去了這樣的權利，那份期許未來的權利。

他只能藉由抓住現在，回味過去，來證明自己的存在。

於是，日記一頁接著一頁，不斷翻動。

這本深藍日記所記載的，不只是哥哥安詳的生活，還深深刻鏤著，他對生命的熱愛。

《09｜夢境》

「翟！翟！你有沒有見到你弟弟？」媽媽焦急的問著。

一個大概六歲的小孩被媽媽叫醒，揉了揉惺忪的睡眼。「沒有欸……」

「奇怪？到底到哪去了？」媽媽不安的踱來踱去。

「弟弟不見了嗎？」哥哥從床上爬起，抬著頭看媽媽。

「對啊，叫他去巷口買個醬油，買了這麼久？會不會發生了什麼事？」媽媽焦躁的語氣裡透露著不安。

哥哥歪頭想了一下。「媽媽放心，弟弟不會有事啦。」

「什麼不會有事？小孩子懂什麼？……乖乖待在家裡，不准亂跑！有沒有聽到？」

媽媽穿上了外套，匆匆的出門。

哥哥看著媽媽離去，表情安詳。

時間大概過了五分鐘，當媽媽腳步聲已經遠去，哥哥走到門口起腳跟，有點辛苦的把門把轉開。

哥哥走出了門口，沒有遲疑，就往媽媽離去的相反方向跑去。

小小的背影，在寬闊的水泥路上，用力的跑著。

他沒有遲疑，是因為他知道他一定能找到弟弟。

此刻，在隔著三條街的一棵樹後面，一個小孩正安靜的坐在樹下。

奇怪的是，這名小孩和剛才在家的哥哥，長得一模一樣，他在樹下抱著雙腿，好像在等著什麼人似的。

因為他剛才出來買醬油，卻一個不小心迷了路，結果越走越遠，完全迷失了方向，到後來連鞋子都掉了，只剩下一雙赤足。

可是弟弟沒有哭出來，只是抿著嘴，找到一棵樹，安靜坐下。

只是等著，等著哥哥來找他。

他不哭，是因為知道哥哥一定會找到他。

然後，他側起了頭，似乎聽到了遠方有個聲音。

The Twins

雙胞胎

若隱若現，在蟬鳴夏季的午後，一個熟悉的聲音，正在靠近著。

「弟……弟弟……弟……弟弟……」遠方，那是哥哥用力吶喊的聲音。

小孩用力跳了起來，「哥哥，我在這裡！我在這裡！」

「弟弟！」哥哥小小的身影終於現身，半身溼透，顯然剛才跑了不少的路。

「哥……哥……人家迷路了……哇！」積壓已久的情緒一口氣爆發出來，弟弟哇了一聲，哭了出來。「哇！哇！」

「不要哭……馬上就回家了，現在電視正在播『無敵鐵金剛』喔！」哥哥用手環住他弟弟的肩膀，用力的摟了摟。

「嗯！」弟弟擦了擦淚水，他低頭看著自己的腳，赤裸的雙腳上，是水泥地割出來的一道一道傷痕。「可是，我的鞋子，剛剛掉了。」

「嗯……」哥哥想了一下，「沒關係，我把鞋子給你穿。」

「啊？」弟弟搖頭。「這樣，哥哥的腳也會受傷的。」

「那怎麼辦？」

「我們一人一隻。」

「嗯，我們一人一隻鞋。」

於是，哥哥脫下了左腳，讓弟弟套上，兩個身高完全相同的小孩，各穿著一隻鞋。然後他們把手穿過對方的腋下，也搭上對方的肩膀。

「弟弟。」哥哥微笑，「我們回家吧。」

弟弟點點頭，「嗯。」

窄窄的水泥街道上，兩個身高一模一樣的背影，正親密搭著對方肩膀，腳上只有一隻鞋。

緩慢而堅定的走著。

走著，彷彿永遠不會放開對方肩膀，堅定的走著。

時間回到了十五年後的台灣深夜，哥哥已經睡著了。

「伯母，翟和光小時候會不會很難帶啊？」而睡不著的小紅，現在正賴在雙胞胎兄弟的媽媽旁邊，一邊翻著相簿，一邊忍不住問道。

「難帶？不會啊。」媽媽露出回憶的表情，「只是常常弄不懂他們兩兄弟在想什麼。」

「弄不懂他們在想什麼？」小紅好奇的追問，「怎麼說呢？」

「那時候，他們兩個常常會自己走著走著，就不見了。」媽媽笑著說：「不過奇怪的是，他們總是有辦法把對方找出來。」

「總有辦法把對方找出來？」

「是啊，無論弟弟或是哥哥，只要有一個不見了，另外一個總是有辦法把對方找出來。」

「好神奇，難道是因為雙胞胎……」小紅想了一下，「心電感應？」

「說雙胞胎會心電感應，其實有喔……」媽媽回憶，「記得那時候他們爸爸說了一句話……讓人印象深刻……」

「什麼話啊？」

「他們兩兄弟，好像『故意躲在對方能找到的地方』似的。」

「故意躲在對方能找到的地方？」小紅咀嚼著一句話。「故意……躲在……對方能找到的地方？」

「對啊，很奇怪吧……」

相簿裡，剛好翻到一張兩兄弟互相搭著對方肩膀的背影。

媽媽忽然笑了起來。

「有時候我會覺得，他們還好是兩個，可真是一點都不寂寞呢。」

小紅抬起頭，她發現，此刻媽媽的笑容，笑得好溫馨好溫馨。

「是啊，他們可真是一點都不寂寞呢。」

《10｜女孩與咖啡館 之一》

下午三點，溫哥華街道上，莫名的下起了一場傾盆大雨。
所有的行人、車輛和大樓，頓時淹沒在一團團深灰色的雲霧中。
每個被大雨淋溼的人，臉上共同的表情，都混雜著焦急、憤怒以及不安。
除此之外，卻還有份隱藏在這些負面情緒下的薄弱光芒，是「期待」。
期待，能馬上奔回家的心情。
期待，在名為家的角落裡，可以脫下一身溼淋淋的衣裳，然後洗個浸透全身暖意的熱水澡。
這份期待，在這場毫無預警的大雨裡，更顯得急迫，更是無法阻攔。
於是所有人邁開腳步，所有車子加足馬力，在雨中往前衝刺，衝出一片水濛濛的路，路的盡頭是我們心中最渴望的寄託，家。
卻，只有一個人例外。
那個人就是弟弟，光。

他走在溫哥華的街道上，身旁的人不斷的從他身旁跑過，臉上的驚慌與期待，都從他的身邊一閃而逝。

他很沉默，也很緩慢。

的確，驟雨剛下的時候，他也跟大家一樣，抓起背包就往前衝。

「快回家！只要回家就不怕大雨了！」內心一個聲音喚著他。

可是他只踩了兩步，就停了下來……

我的家？不在這裡啊？那，我該躲去哪裡？

然後，弟弟就像是呆子一樣，放慢了腳步，看著身邊的人不斷匆匆的跑過，跑過……

我，該去哪裡？

弟弟抬起頭，看著天空，不斷墜落的灰色雨珠，一下又一下的衝擊著他臉龐。

思鄉的心情，在此刻，滿滿的佔據他所有的心胸。

這是他離開家的第四百零八天，溫哥華的大雨裡，他獨自漫行。

終於，弟弟停下了腳步，他正站在一家咖啡店前面，木質的招牌，搖晃著【East】一個英文單字。

但，真正吸引他停下來的，卻不是那個名為東方的英文字，而是木牌底下的四個字。

四個字，由永字八法所組成，經過甲骨文千年蛻變的古老字體，來自弟弟最熟悉的家鄉氣味……

那四個字，是這樣寫的。

【歡迎回家】

對弟弟來說，已經遙遠，卻一看就深感於心的中國字——歡。迎。回。家

而被大雨吹得搖晃的招牌，彷彿在對弟弟招手，

「歡迎光臨啊！遊人！」

而老闆別有用心的四個中國小字，更透露著，這裡一定存在著，那股讓弟弟懷念

的東方氣息。

於是，弟弟來到這家咖啡館的門口，伸出手推開了木門，裡頭，一個嶄新的故事，正等待著他。

《11｜女孩與咖啡館 之二》

門內，咖啡館已經客滿。

大概是因為大雨，所有來不及逃走的行人，都躲到了咖啡館裡，此刻正緊緊握著手中發燙的咖啡杯，低頭啜飲。

從熱燙的咖啡色液體中，貪婪的吸取被大雨奪走的溫度。

啊，真的沒有位子了？

弟弟嘆了一口氣，一身雨水跟著心情一起跌落地板。

「朋友，不介意跟別人一起坐吧？」忽然，一個聲音傳進了弟弟的耳中。

弟弟猛然抬頭，吃了一驚。

吃驚！

因為他聽到的不是溫哥華本來應該出現的英語，而是字正腔圓的中國話！

每個字，每個音，都跟弟弟熟悉的記憶一模一樣，是中文，是華語，還是專屬台灣的腔調。

弟弟一轉頭，眼前是一個笑容親切的老闆娘，黑頭髮、黃皮膚，眼珠卻是深邃的深藍色。

「啊？朋友，對不起，我以為你是中國人。」老闆娘看到弟弟沒吭聲，又換上了標準的英語。

「不……不是……」弟弟連忙用中文回答，「我……我只是嚇到了！」

「那就好！」老闆娘聽到回應的是中文，笑容更燦爛了。「你沒位子對吧？不介意的話，角落那頭，女孩旁邊還有一個位置！」

弟弟轉頭，看見一名高瘦短髮女孩，穿著雪白的毛衣，正低著頭，在木桌上低頭畫著什麼。

「好。」弟弟點頭對老闆娘微笑，「謝謝。」

「那你要喝些什麼呢？」

「給我一杯拿鐵好嗎？」弟弟喜歡拿鐵的牛奶香，尤其在這樣下雨的午後，牛奶香醇的甜味，會讓他更快恢復體溫。

「沒問題！」老闆娘笑容可掬，眨了眨眼，「等會我忙完了，我們三個可以聊聊喔……」

三個？聊聊？

弟弟不禁把眼光飄向角落桌子的女孩，啊，原來她也是東方人啊？

「嗨，不介意這個小帥哥和妳一起坐吧？」老闆娘領弟弟到了位子上，並且跟女孩說了聲抱歉。

女孩抬起頭，淺淺點頭。「我不介意，請坐。」

「那我先去弄咖啡，熱拿鐵，對吧？」老闆娘匆匆離去，去準備給弟弟的咖啡。

而弟弟，給了女孩一個感激的微笑，並脫下那件已經溼透的外套。

等到一切就定位，弟弟緩緩的舒了口氣，此刻的他，終於有力氣去端詳周遭的一切。

East咖啡館，是由木頭構成的小屋，大概有七到八張小木桌，是非常簡單而典雅的建築。

而此刻幾乎每張桌子都已經坐滿了人，每個人多少都帶有一點點剛剛雨水的氣息，從頭髮或是衣服上。

就在此刻，屋子內部又飄來一陣咖啡香氣。

忍不住，弟弟鼻子嗅了嗅，好香啊。

滿屋的咖啡香氣，溫溫熱熱的，把剛剛外面因為下雨帶來的不快都一起融化蒸發掉了。

關於雨水的記憶，只剩下一點點濡溼的髮梢，服貼的熨在兩頰。

跟咖啡香一起共舞是何等幸福啊。弟弟閉上眼，貪婪的吸取這裡的熱度。

不知道過了多久，弟弟才回頭，把視線回到桌子上，然後他詫異的發現，眼前女孩正在做的事情。

她，正在畫畫。

那個一直沒有抬起頭，說話簡潔的女孩，

左手正拿著一本畫本，而右手的炭筆，正飛揚的舞動著。

「妳喜歡畫畫嗎？」弟弟忍不住來自相同故鄉的渴望，用中國話問道。女孩抬起頭，一個很簡單的微笑，「是的。」然後她又回到畫紙上。只留下目瞪口呆的弟弟，他呆住了。為什麼呆住，因為弟弟受到一股無法想像的震撼，而這份震撼來自剛剛女孩的笑容。一個笑容，為什麼會呈現如同七、八顆原子彈爆炸的威力？不，也許不是那個笑容，而是女孩表現出來的整體姿態。她的眼睛、鼻子、嘴巴，還有聲音。一起為了「微笑」這個表情而移動的時候，讓弟弟整個人完完全全的呆住了。他從不相信一見鍾情，此刻的他也沒聯想到一見鍾情。他只是單純的順從渴望，想再見她笑一次。想再聽她的聲音。想再跟她說說話。想再注視她的眼睛。

於是，原本不擅長搭訕的弟弟，又說話了，「我……來自台灣……妳，妳呢？」

弟弟的聲音讓她第二度離開畫紙，「是啊，我也是！我是彰化人？你呢？」

「我是台北人，嚴格說起來是台北縣啦！」弟弟答道，也沒有加速，臉蛋沒有臊紅，手足也沒有無措。

但是弟弟卻好想繼續說話，好想繼續跟她聊天。

這是一種人體荷爾蒙分泌的刺激情境，讓弟弟卻樂在其中。

「我正在旅行，妳呢？」弟弟繼續說話。

「我也是，應該說我正在度假，來這裡的親戚家住兩個月。」度假？弟弟歪頭想了一下？啊……現在是台灣學校的暑假啊，轉眼間，他已經離開台灣一年多了……就在這個時候——

「你的咖啡來了，朋友。」老闆娘端著熱騰騰的咖啡和親切的笑容來到他身畔。

「謝謝！」弟弟迫不及待的端起咖啡，狠狠地聞了一口香氣。

哇……真香，真的很香，這剎那間，弟弟只覺得鼻腔充滿了溫暖的咖啡氣息，讓他全身的味覺神經都甦醒了過來。

聞完了香氣，弟弟隨即又輕輕的喝了一口，燙嘴的香氣，浸滿了他的舌頭，更為他帶來新生般喜悅。「好喝！」他用力大叫！「沒喝過這麼好喝的拿鐵！」

聲音之大，傳遍了整個咖啡館，四周的客人彷彿習以為常般，嘴含笑意的看了弟弟一眼，又繼續自己的事情。

「第一次喝雀姐的咖啡，果然一定會大叫。」女孩笑了起來。「嘻嘻。」

「哎呀。」雀姐老闆娘呵呵的笑著，「別這樣說，我會驕傲的。」

「呵呵，剛才失態了，不過真的很好喝。」弟弟不好意思的笑了笑。「老闆娘，妳的名字叫雀姐嗎？」

「是啊，你年紀比我小，叫我雀姐就可以了！」老闆娘笑嘻嘻的說。

「我叫光，叫我光吧！」弟弟自我介紹。

「你可以叫我默默，或者小默也可以。」女孩也跟著說道。

弟弟看著眼前的女孩，內心悄悄地唸了好幾遍，「默默，默默，原來妳叫做默默啊！」

《12｜回憶。舞會上的小紅》

哥哥第一次遇見小紅，是高中的畢業舞會上。

在現場，有一個身穿深藍T恤，看起來有點嫻靜的女孩。她很安靜的坐在休息區，看著來來往往的人，只是靜靜微笑。邀請她跳舞的人不在少數，可是她好像從開始就打定主意，不為這群只有十七歲的小毛頭們，舞動她的步伐。

但是，擅舞的哥哥，不知怎麼了，眼光一直離不開她，從第一剎那，哥哥就決定，今晚的舞伴非她莫屬。

平常對唸書比較擅長的哥哥，從口袋中掏出了弟弟塞給他的一張紙條，紙條上寫著……

「哥哥，你平常只會唸書，趁著這次舞會好好的認識一、兩個女生吧，身為你的弟弟，免費傳授你兩招吧……

第一步，製造巧合的相遇，像是『妳好像我認識的一個人喔！我們是不是在哪遇過？』

第二步，無事獻慇懃，像是『妳會不會口渴，我幫妳拿飲料好不好？』

第三步，大談英雄事蹟，像是『開玩笑！上次學校火災，就是我一個人爬到頂樓把小貓救出來的！』

第四步，交換背景，像是『剛剛都在談我，妳呢？』

第五步，相談甚歡，留下電話，像是『回家等我電話吧！嘿！嘿！』

還有，親愛的哥哥，關於搭訕，特別要注意的就是『態度』。

態度千萬不可輕浮，要認真中帶著幽默，幽默中又帶著自信，自信中更有著謙遜。

很擔心哥哥一直讀書會成為書呆子的弟弟 敬上」

看著這張紙條，哥哥苦笑，這些道理他都懂，但是對第一次動口搭訕的他來說，無異是天方夜譚。

所以他決定鼓起勇氣，單刀赴會，夜闖敵營，取敵首級，不成功便成仁。

哥哥看到小紅依然帶著她一貫的笑容，安靜的坐在休息區。

他鼓起勇氣，來到她身旁。

「嗨嗨！」哥哥拿出最親切的笑容。

「嗨……」女孩也回應了一個微笑。

「旁邊有人坐嗎？」哥哥禮貌的問道。

「沒有人，」女孩說：「請坐。」

「今晚不跳舞嗎？」哥哥微笑。「都來到這裡了。」

「不。」女孩微微一笑，「目前沒有興致。」

「呵呵。」哥哥笑了兩聲，「來到畢業舞會不跳舞，說不過去喔。」

「嗯……」女孩看著舞池，只是微笑。

「那，我有榮幸請妳跳一支舞嗎？」哥哥鼓起勇氣。

「謝謝，但是我現在不想跳。」女孩搖了搖頭。

「啊……」哥哥有些失望，「沒關係。」

舞池這時正放著優雅的雙人慢舞，這時候，是不是情侶一眼就可以看出來，情侶們彼此依偎，把身體靠得很近很近，隨著拍子緩緩的移動腳步。

而不是情侶的人們，則只是矜持的把手放在對方腰間，隨著節拍，享受著舞池裡無聲的時刻。

「妳是附近高中的嗎？」哥哥又重新找回話題，再接再厲。

「說是，也不是。」女孩說：「我已經畢業一年了，現在大一了。」

「那妳大我們一歲？」哥哥詢問道。

「對！」女孩微笑，「你一定會好奇，大一的老女人怎麼還會來參加這種小毛頭的舞會吧？」

「我沒這樣說，」哥哥嘻嘻一笑，他很欣賞這女孩的豪爽。

「其中一個原因，是我妹今天要來，我當陪客。」

「另外一個呢？」哥哥追問。

「這所『名校』，我嚮往了三年，趁著還沒老到一眼就被認出來的時候，決定來參觀參觀。」

她俏皮的把『名校』重音加強，一邊笑一邊說著。

「哈哈。」哥哥恍然大悟，「可是為什麼不跳舞呢？」

「如果我說我不會跳呢？」女孩看著舞池，微笑依然在臉上。

「我不相信。」哥哥也跟著笑了，「妳肯定會跳。」

「為什麼這麼說？」女孩轉頭看著哥哥，瞇起雙眼瞧著他。

「因為……」哥哥雙眼仔細的端詳著女孩。

就在這時，慢舞的音樂結束了，DJ抓住麥克風，使勁狂喊：「現在，給熱血瘋狂的年輕人一點獎勵！我們來段熱舞吧！Come on!」

在震耳欲聾的音樂中，女孩似笑非笑的看著哥哥。「因為什麼？」

「妳若是站在舞池跳舞，絕對會是舞會的明星。」

「哈哈哈哈，你對我這麼有信心？」她大笑。

哥哥用手指比著自己的眼睛，「有信心！因為我這雙眼睛，從來不會看走眼。」

這時，音響的喇叭震動，如狂浪般的音樂，席捲了整個舞池，牆壁和地板都隱隱撼動起來。

蹦！蹦！蹦！蹦！蹦蹦蹦！蹦蹦蹦！

熱舞終於震撼登場，舞池上，不再是難分難捨的戀人，取而代之的是身手矯健，舞步敏捷的快速舞者，他們各展雄風，讓整個舞池陷入一片瘋狂。

「那來試試看吧，」女孩終於站起身，「關於，你是不是看走眼的解答。」

哥哥一躍而起，伸出手做出邀請的姿勢，「我有榮幸請妳跳舞嗎？」

「嗯。」女孩又笑了起來，這次不再是慣有的害羞微笑，而是充滿挑釁意味的笑容。

這笑容，背著舞池燈光，如花朵般綻放在她的臉上。

看著這女孩，哥哥突然微微暈眩，這笑容……

他知道，他是忘不了，永遠，永遠。

《13｜回憶。舞會上的小紅 之二》

舞池裡，所有人如潮水般退開，慢慢顯現出中央一塊無人的空白區域。
因為，這空白的區域，有一男一女正在對舞。
這兩個人的舞姿超群，讓周圍的人紛紛識相退讓，讓他們成為舞池中的主角。
沒錯，他們就是哥哥和小紅，他們兩個人正放開了手腳，展現自己的舞技。
在DJ強力的音樂節奏下，哥哥使出全力，拿出所有壓箱底的舞步，目的是要在女孩面前一展雄風。
只是沒想到，女孩從頭到尾都沒有落後哥哥半步。
他舞得精彩，她舞得曼妙。
於是整個舞池，成為他們兩個人的舞台。
哥哥身為高中當時剛卸任熱舞社社長，環視全高中，能跟他對舞的人已經屈指可數。
可是這次，他卻遇到了對手，女孩扭腰，點頭，轉身，腳步每個動作都是完美無缺。

比起哥哥全身洋溢著力與美的舞步，她的舞姿多了份溫柔與柔軟。

不知不覺的，他們的身體每個動作，眼角餘光，都開始追逐著對方的影子。

在這舞池裡，他們每個動作，都融合了音樂、自己，和眼前的這個人。

宛如舞池中閃耀的兩顆明星，他們隨著節奏盡情舞動身體，將所有人的目光都鎖住，鎖在他們每一個精彩絕倫的動作上。

「嘩……嘩……嘩……」

音樂終於停了，所有人都忘情為他們歡呼，歡呼聲久久不停。

連ＤＪ都忍不住大聲為他們歡呼。「我的天啊，我替大家鄭重介紹，這男生是本校熱舞社前社長，在舞林稱霸已久，但是沒想到，這本校頭號舞棍，竟然遇到了對手，本次活動最精彩的一場對舞，在剛剛正式結束！」

哥哥和女孩雙雙對觀眾鞠躬，又是一片掌聲與叫好。

還沒抬起頭，哥哥就偷偷側頭看著女孩，同時女孩也用眼角餘光瞄向哥哥。

不約而同的，他們露出了燦爛的笑容。

因為，他們在對方眼中看見快樂與默契。

也許，在這一個瞬間，他們就知道，彼此註定要一生相守。

《14｜回憶。舞會上的小紅 之三》

也許有人會問，弟弟到哪去了呢？

因為弟弟身為舞會負責人之一，所以之前一直陪著顧場人員看守校門和巡視校園。

一直到最後，才有機會回到舞池，當然也錯過了剛剛精彩萬分的雙人舞。

此刻的他終於回到了舞池，低頭看了自己的手錶，「哇！只剩下三、四首舞的時間了！」

「動作得快點才行。」

弟弟游目四顧，尋找「獵物」。

終於，弟弟停下了目光，停在一個身穿藍色T恤，看起來有點嫻靜的女孩身上。

很巧的，她剛好就是今晚的最佳女主角，小紅。

「這個好！」弟弟露出見獵心喜的微笑，直直往小紅的方向走去。

而小紅這時候正在等著去拿飲料的哥哥，她安靜的看著舞池，回想著剛剛跳舞的時刻，每分每秒，都好浪漫。

「請問，我有榮幸請妳跳舞嗎？」弟弟走到了小紅身邊，慇懃的微笑。

小紅抬起頭，訝異，「啊？你？」

「怎麼了？」弟弟笑了笑，「我有這個榮幸嗎？」

「好啊。」小紅有點莫名其妙的站起來，「為什麼又客氣起來了？」

「謝謝。」弟弟伸出手邀請她。

「你……剛剛不是去拿飲料？」小紅總覺得眼前的人不太對。「飲料呢？」

「飲料？我剛剛去拿飲料……啊……」弟弟突然有點懂了。（原來這是老哥的獵物啊！）

「剛剛我跳得怎麼樣？」弟弟忍住笑，問道。

「跳得很好啊。」小紅仔細的看著弟弟，秀眉微蹙。

「對了！你為什麼換衣服了？」

「因為剛剛流汗溼了……」弟弟強忍著笑容，含糊其詞，「所以就換了。」

「是喔。」小紅點點頭。

「果然本校生比較方便。」

說完，兩人便持續往前走，可是，才走沒幾步，小紅忽然發現弟弟的腳步停了，臉上甚至掛起逐漸膨脹的笑意。

小紅禁不住追問，「咦？不是說要跳舞嗎……？為什麼停下來了……」

弟弟輕輕咳了兩聲，「不跳了，因為正牌的出現了。」

「什麼？」小紅不懂，這傢伙在耍什麼神祕啊！「什麼正牌的？」

「妳回頭看看。」弟弟笑著說。

「小紅！等一下！等一下！不要回頭！聽我解釋！」正靠近的哥哥想要阻止即將發生的慘劇。

但，一切已經遲了。小紅順著弟弟手指的方向，慢慢的轉過了頭，然後，她看見了「另外一個弟弟」。

「啊——」小紅發出高八度的尖叫，穿過夜空的雲，讓整個舞池的人都停止了動作。

然後小紅腳一彎，就這樣倒下。

意識逐漸消失中的她，還依稀聽到兩個男生正對話著。

「弟弟，就叫你不要那麼愛玩！」

「可是……誰知道她會昏倒……雙胞胎很常見啊……」

「哼……」

「哥哥，呵呵，至少她倒對邊了，她倒在你的懷裡，不是嗎？」

「弟，真受不了你……」

「加油！哥哥！這個女生看起來真的很正喔。」

這就是哥哥第一次遇見小紅的經過。

一個讓哥哥一眼就看上的女孩，一場告別高中的浪漫熱情舞蹈，和一個弟弟的小小惡作劇。

這是哥哥與小紅，每次想起都會忍不住莞爾的回憶。

《15｜弟弟的信 續篇》

給親愛的哥哥：

我現在在溫哥華，溫哥華是一座好城市，有美國的進步和繁榮，卻沒有美國的緊張和混亂。

我在這邊已經整整一個月了，你一定會問，怎麼？我的漂泊之旅竟然這麼快就停下來了？

其實，我遇見了一個女孩。

很難啟齒，不過現在你弟弟談戀愛了，雖然只是一段短暫而浪漫的戀情。

我愛上了一個女孩，她好特別，特別到我願意把我僅存的生命，分出一大部分給她。

溫哥華的這段日子，很快樂，讓我想起那段在台灣家裡的歲月，媽媽拿手的番茄蛋炒飯，爸爸千篇一律的英雄事蹟，還有你，跟小紅。

另外，我還在這裡認識一個叫做雀姐的朋友，她在溫哥華開了一家咖啡館，煮得一手好咖啡，香醇到無以復加，以後有機會，來溫哥華一定要到那裡品嚐看看！

請不要為我擔心，一路上時好時壞的心臟，到這裡反而變得很安靜，也許是因為愛情的力量吧，心靈的力量治癒了致命的殘疾。

很奇妙的是，一直到遇見了這女孩，我才真的忽然明瞭了哥哥你當初的決定，那種「願意為了某人，放棄一切」的決心。

可惜縱使我有這樣的覺悟，也不能毫無道理的要求對方，陪伴我這個僅存五年生命的傢伙。

所以我選擇，繼續漂泊。

在溫哥華這短暫的兩個月，我想我永遠永遠都不會忘記，我該感謝神明，在我生命最後的一段路，遇見了她，這個生命中的最後禮物。

我虔心感謝上蒼。

P.S.附上有我的近照，照片裡有我、雀姐，和她。

The Twins

雙胞胎

照片裡有三個人，有著爽朗笑容的雀姐，中間還有一個笑容靦腆的女孩。

最右邊則是剛剪去長髮的弟弟，之前旅行蓄長的亂髮，如今換成了乾淨五分頭。

照片裡的三個人，正對著鏡頭大笑著，那種笑容，不是一般為了拍照而擺出來的招牌笑臉。

笑容裡，有好多好多的快樂，透過無聲的光影重疊，盡情的釋放出來。

照片裡的弟弟，好快樂。

好快樂。

《16—哥哥。日記續篇》

今天晚上失眠了。

竟然失眠了？

也許是看到弟弟寫來的信，裡頭洋溢的熱情，彷彿看到了那個旅行之前的他。

笑得大聲，鬧得最瘋，也悲傷得劇烈。

也許這趟旅行最後的目的地，他已經找到了。

我起身又看了一遍他寄來的照片，忍不住又笑了起來。

裡面的笑容，僅此一家，童叟無欺，就是弟弟的笑容啊。

兩點了，我還沒睡著。

下意識摸了摸胸口，今天的心臟很安靜，全身上下，最安靜的就數它了，我的心臟。

看著手錶，我按住手腕，開始習慣性的測數心跳。

六十六下。

好慢。

好安靜。

跟牆上的時鐘一樣。

想打電話給小紅，卻怕驚醒了她的美夢。

突然懷念起咖啡的味道，以前冬天夜裡最香醇的味道。飄揚在宿舍裡的日子。那段住宿舍的日子，四個人擠在骯髒破舊的房間裡。

一起彈吉他唱歌，一起隨音樂起舞，考試到了，四個人總是一起熬到深夜。

夜，好深，好深，就像這時候一樣。連月光都沒有，窗外好像是一片完全失落的大地。深不見底的黑洞。

這時候我總會下意識的看看周圍那三個，搖頭晃腦，睡眼惺忪的傢伙。

一點都不孤獨。

這時候總會有人自願煮咖啡給大家喝，香氣溢滿了寢室，大家捧著咖啡，小小的讚嘆小朱的手藝超群，稍微休息後，大家放下咖啡杯，又轉身去跟原文書廝殺了。

那個時候有朋友，有目標，還有不斷飄在空氣裡的咖啡香。不管再黑的夜，都可以暖暖的度過。

而，現在卻只剩下我一個人。
和一點點的生命。
一枝孤單的蠟燭，在黑夜裡孤獨的燃燒著，燒著燒著，它僅存的最後一截生命。
我果然不適合失眠，怎麼總想起這些難過的事情？
唉，弟弟現在好嗎？
那些室友呢？
找個時間，跟他們聚一聚吧。
又過一天的日記。日記又過了一天。

《17｜弟弟的自言自語──默默再見》

我送默默到了機場。
妳沒說話，我也沒說話。
此時此刻，我們之間不適合說話。
我們只是安靜的，走在光亮的機場大廳地板上，逛著免稅商店。
妳很專注的看著，商店裡形形色色的紀念品。
我很專注的看著，那個專注的妳。

──我愛妳。

這句話，始終都沒說出口。
只要這樣就夠了，就夠了……不必再讓妳愁煩，這樣，我也可以放心離去，到世界每個角落，帶著美麗的思念。

——我真的很愛妳。

看著妳白皙的皮膚，雙眼的睫毛眨啊眨，我忍住了撫摸的衝動。
為了掩飾不安，我抬起頭，盯著遠方，一架飛機穿過天空。
天空好藍。

——但是，我不敢愛妳。

妳即將遠行，我即將遠行，我們即將分離。
對妳來說，我是什麼？
在妳生命裡，短短的兩個月。留不下什麼，也記不起什麼。

——所以，我們還是說再見吧。

廣播響起妳班機的名字，妳抬頭，笑了笑。
「我該上飛機了。」

「嗯！我幫妳拿行李。」

我匆匆地抓起行李，好像害怕妳會發覺我的不捨。

「謝謝。」

登機門到了。

伸出了手，我猶豫了一下，跟妳的右手握在一起。

——掰掰，我生命裡的天使。

「光……等一下。」

妳把手伸入隨身行李中，從妳這兩個月的畫具裡抽出了一張用紙整齊包起來的畫。

「光，給你。」

「啊，謝謝妳。」

「等我離開，才准打開來看。」

「呃，好。」

「再見，光。」

「再見，默默。」

——再見，默默。

再見。

《18｜默默的自言自語—關於我的畫》

你總愛說「人生苦短」，我不是不懂，只是你說起來有種難言之隱。

你的笑容瀟灑裡有種揮霍生命的悲傷，但是又摻雜著，一種把握分秒的生命熱力。

只能說，你真是一個奇怪的人吧。

為了畫這張畫，我每天都偷偷看你的臉，你的樣子。

老師說我們學畫畫的人，「你第一次想畫的人，一定是你生命裡非常特別的人。」

然後，我就決定要畫你了。

除了你的笑容太複雜很難畫以外，你的眼睛倒是很漂亮，尤其在咖啡店裡喝咖啡的時候，那雙眼睛裡頭蕩漾著某種色彩。

為了捕捉這色彩，我花了好多時間哩。

直到我喝了滿肚子的咖啡以後，才發現，我們有著相同的眼睛。

相同的眼睛，這代表著什麼呢？

相同寂寞？相同飢渴？還是一樣不安定的靈魂？

希望，你能從我的這張畫裡，找到答案。

你的答案就是我的答案，你，懂嗎？

我想，你不會懂的。因為愛畫畫的人，總是愛把自己隱藏在色彩和畫紙裡。

所以，你也許永遠不會從我的口中，得到任何的聲音。

可是我要把這張畫給你。畫中有我澎湃的思考。

每個筆觸，每個顏色，每個表情，每個紋理，都是我畫畫的心情。

都是……

「愛你」

而且，很深很深。

《19｜請妳忘記我》

那天弟弟輕輕的對默默說：「請妳忘記我。」

默默呆了一會，「好，我會忘記你。」

「謝謝。」

弟弟低下頭，鬆了口氣的表情，雙眼卻紅了。

「但是，我不要你忘記我。」默默堅持著。

「我不會，一定不會。」弟弟承諾著。

這時候雀姐端了一杯咖啡來到他們身邊，毫不客氣的一屁股坐下。

「欸！小倆口明天要分開了啊？」雀姐笑著說：「默默明天要回台灣了，你怎麼辦呢？光。」

「繼續旅行吧，我打算玩遍全世界。」弟弟說。

「真可惜，本來想留你下來做工讀生的！你來幫忙了以後，你看！女性顧客都增加了！你這張東方帥氣少年的臉蛋，可真是好用。」

「哈哈哈，對啊，我跟默默是妳咖啡店的兩大台柱。」弟弟笑著說：「一個勾引男顧客，一個負責女顧客。」

「我哪有勾引！」默默出聲抗議，「那是雀姐風韻猶存，還有她咖啡的手藝！」

「別這樣說，」雀姐嘻嘻的笑著，「我雀姐只愛小男生和多金的老男人，什麼風韻猶存，這裡的男人要嘛不是太醜，要嘛就是名草有主了，我雀姐沒興趣的。」

弟弟微笑的說：「雀姐……有沒有考慮在這裡找個帥哥就嫁了啊？」

雀姐搖頭，「我是不婚主義者。」

默默和弟弟對看了一眼，「這樣太可惜了！」弟弟說。

「對啊對啊，雀姐不嫁是男人的損失。」默默說。

「反正你們要走了，我也不怕糗事洩漏。」雀姐看了看默默和弟第兩人，喝了一杯咖啡，長長吐了一口氣。

「我年輕的時候，愛過一個人。」

「後來實在沒有結果，太多太多因素，父母、家庭、事業……」

「於是我就來到溫哥華，開起了這家咖啡店，一方面是對愛情的死心，一方面也是完成自己的夢想。」

「剛開始創業很辛苦，忙著適應環境，忙著精進自己的烹調技術，忙著交各式各樣的朋友，忙著去習慣截然不同的異國風情。」

「對於那個男人，我一直以為，只要有回憶就夠了。」

「他有一個壞習慣，老是會把襪子穿完之後，反面再穿一次，他說反正另一面沒有髒，所以我以前都罵他臭，可是，不知道為什麼，離開了台灣，一個人在這裡泡著咖啡，只要想起他，就會特別想到那很臭的襪子，呵呵，我知道這一點都不浪漫，但，這襪子的回憶，就這樣陪了我十年，陪我度過每一個思念的夜晚。」

「每次受到挫折，每次撐不下去了，我總會偷偷躲在櫃台下，偷偷地哭，偷偷地想念著與他的一切。」

「當我，再度站起身之時，又是笑臉迎人的老闆娘。」

「我就這樣，過了十多年。」

「雀姐。」默默輕輕的喊著她，握住她的手。

「十多年了啊，他不可能找得到我，就算找到了，也已經不是以前的我，慢慢的，我也習慣了一個人了。」

「現在生活可好了，偶爾遇到台灣來的老鄉探探狀況，大多的時候，安靜的泡咖啡給老顧客們喝，也很不錯。」

「說到這裡，這裡的顧客有一個特質，那就是每個人都好安靜。」弟弟說道。

「因為咖啡，也因為老闆娘。」雀姐笑了，「什麼樣的咖啡會吸引什麼樣的客人喔。」

「我的咖啡很安靜，就如同神祕與溫柔的東方，不同於一般西方咖啡的積極與燦爛，你知道嗎？西方幾次大革命都是在咖啡店裡發起的，因為咖啡店是革命份子的最愛。」

「我是什麼樣的人，就會泡出什麼樣的咖啡。」雀姐繼續說著。

「而喝咖啡的人是什麼心情，就會喝出那種心情的咖啡。」

「咖啡，就是我和所有顧客交流的方式。」雀姐又笑了起來。

「只是有時候，我會開始懷疑。」

「只是擁有美麗的回憶，夠嗎？」雀姐輕輕拌著咖啡。

只是擁有美麗的回憶，夠嗎？

三人同時沉默了。

傍晚的咖啡店，掛在門上的鈴鐺輕輕的響著。

夜色正悄悄的滲入East咖啡店裡。

將三人的影子，緩緩的拉長。

拉長……

「我不要你忘記我。」

「只是擁有美麗的回憶，夠嗎？」

「所以請妳忘記我，好嗎？」

《20 夢境 之二》

這場景似乎有點黑暗，深紅蠕動的肌壁，正緩緩的隨著呼吸起伏著。

而黏稠的透明液體，沿著壁面慢慢融流下來。

此刻，溫暖柔軟的肉床上，兩個小小的生命，正無聲的孕育著。

一點，一滴。

凝聚他們生命的力量，意圖衝迫禁囚，來到這個陽光燦爛的世界。

這是哥哥與弟弟，他們兩個，連得最緊密的時刻。

（太太，真是恭喜妳，妳懷孕了！）

（哇！真好！醫生謝謝你！）

母床的肌肉微微顫動了一下，喜悅的心跳帶起大量血液流過血管，咕嚕咕嚕……

兩個小兄弟在羊水裡，緩緩轉動。

The Twins

雙胞胎

（而且，是雙胞胎喔！太太恭喜了！）

（真的嗎？哇！好幸運！我真的懷了兩個小孩？）

母親溫暖的手，輕輕的按住了隆起的腹部，溫柔的滑動著。

淡淡的溫暖，似有若無，傳入了孕育兩個生命的羊水裡，揚起隱隱的波紋。

好溫暖。這就是媽媽的溫度嗎？

仔細聆聽，兩個小生命彷彿在對話。

——我們要一起長大。

——一起看這個世界。

——一起笑一起哭。

——一起長大，一直到很老，很老。

（目前胎兒都很健康，兩個禮拜後再來檢查看看。）

（謝謝醫生。）

兩個小生命，在幽暗卻充滿生命脈動的媽媽子宮裡，努力的成長著。

此刻的他們，仍看不見手腳，宛如兩條相互盤環的魚兒，優游在溫暖的羊水中。

只有一條堅韌又柔軟的臍帶，緊緊的繫住他們，供給他們不斷成長的養分，也拉住他們不至於讓彼此漂流得太遠。

打從娘胎起，這對雙胞胎就比誰都清楚的知道，自己不孤獨。

有一個跟自己一模一樣的生命，緊緊依在身旁，一起努力的長大，不斷的長大。

（老公，我跟你說，醫生說，原來這是一對雙胞胎喔。）

（原來是雙胞胎？難怪肚子這麼大喔。）

（老婆乖，來，吃吃我煮的雞湯。）

（啊？怎麼會是甜的……？老公！）

（啊……哈哈，難道我把糖和鹽搞錯了？）

（嘻嘻，你不會相信糖罐上面的標示了吧？我寫的是鹽，那是要用來騙螞蟻的啦。）

（哈哈哈，哈哈哈，下次改進！下次改進！）

（小寶寶乖喔，要好好的長大喔。）

（再五個月，就可以看見這個世界囉。）

小生命們輕輕搖了搖，彷彿應承著爸爸媽媽的期許，努力吸收著點點滴滴的養分。

長大。

一切都在奇妙與美滿中進行著。

直到……

《21 夢境 之三》

嘩——嘩——

深夜。

突然，胎盤莫名的緊急收縮，子宮床壁上的肌肉以驚人的速度起伏著。對於羊水內的兩個小生命，彷彿天翻地覆的大浪席捲而來。

（老婆？怎麼了？怎麼了？）

（呼吸，呼吸……我呼吸困難……）

（怎麼會這樣？不是才五個月嗎？老婆！老婆！撐著點！）

（……我的心臟……跳得好用力……好用力……）

（妳忍耐一下！我馬上去開車！）

（呼哈……呼哈……呼哈……）

（媽的！鑰匙！鑰匙在哪啊？）

（把拔，好難受……我怕……我怕……）

（別怕……老婆，別怕……小孩一定沒事的！）

（啊……呼哈……我好怕……呼哈……）

原本鮮紅溫暖的床壁，此刻正激烈的顫動著，而在鮮紅背後，隱隱透著，幾條觸目驚心的暗黑紋路。

血液供應出了問題，急速收縮的肌肉，變成了深黑色，這正是恐怖的缺氧訊號。

兩個小生命彷彿感受大難臨頭，原本漂流的兩個個體，聚在一起，緊緊依著對方。

一直溫馴如三月朝陽的羊水，此刻卻有如狂風暴雨，一波一波的激浪，衝擊著兩個小生命。

（老婆！老婆！醒醒！）

（我還醒著……）

（不要睡著了！醫院馬上到了！再忍耐一下，好不好？）

（把拔，我們小孩一定會沒事的，對不對？）

（對！因為我們兩個血統這麼優秀。小孩一定能撐過去的！）

（呵呵，呵呵……是啊……啊！好痛……）

（老婆！）

（怎麼辦，我好怕……好怕……真的好怕，嗚嗚……）

嘎……醫院終於出現在眼前了，爸爸一腳緊急踩住煞車，汽車挾著高速，還往上跳了幾層階梯才停下來。

剛接獲到電話求救的醫護人員，隨即衝了出來，推著擔架，在一片混亂中，媽媽被推往急診室。

胎床仍在晃動，隨著母體的搬移，劇烈的震了幾下。

（把拔！你……在嗎？）

（在！我在！）

（手……）

（手？）

（手……放在我的肚子上……）

（嗯……）

（雙胞胎他們最喜歡有人輕輕撫摸著肚皮……我知道……他們會很高興……會開始……旋轉……跳舞……我知道……）

夫妻倆，緊緊握住彼此的手，一起溫柔的在肚皮上滑動。

溫柔，傳入了子宮深處。

有如一道陽光灑入暴風雨中，映出一片金黃色的海濤，也短暫的平息了風浪。

可是，小小的兩生命卻是生死未卜。

砰！

推車衝入了急診室！門還前後搖晃著。

急診室外面，只剩下父親一個人，呆呆的站著，原本不易溼潤的眼眶，此刻卻積滿了淚水。

（神啊，求求你，救救他們，無論是媽媽還是小孩。）

隨著禱告，爸爸跪了下來，而無聲的淚，也跟著彈落地板。

子宮深處。

【…………】

【…………】

【你還在嗎？】

【……】

【別忘了，我們要一起長大的。】

【……】

【還有，一起看這個世界。】

【……】

【一起哭。】

【一起笑。】

【一起長大，】

【到很老，很老。】

【沒有你就不好玩了。】

【沒有你一定會很孤單。】

【所以，】

【我們要一起……】

【活下去！】

終於，激烈的風暴停止了。

這時的子宮內壁，安靜如沉睡的湖面，剛剛的劇烈痙攣，彷彿只是一場惡夢。

（太太，幸好，母子平安！）

（醫生謝謝你，謝謝你……）

（啊，別哭啊……）

（對……不起……我……太激動了，你知道嗎？這是我跟我老公等了整整七年，好不容易才懷到的一胎，因為我們年紀都三十多了，這可能是我們最後一胎了……所以……）

（我能了解你們的心情……好啦……別哭了……母子平安是好事喔。）

（謝謝你……醫生……謝謝……）

角落裡，醫生偷偷地拉了爸爸到一旁，「其實，你們要有心理準備，雖然母子平安，但是我不敢保證，這次的異常胎動，對胎兒將來會造成什麼影響……」

「嗯……您的意思是?」爸爸問。

「嗯，也許會造成胎兒的缺陷，當然也許什麼事都沒發生，依然可以平安的長大，我想徵詢你們的意見，這小孩是否真的要……」

「醫生，我懂你的意思，但是我和我老婆的答案永遠是一樣的。」

「嗯?」

「我們一定會生下來，無論將來是什麼樣子，我們都會疼愛他們，直到永遠。」

醫生笑了笑，「這對雙胞胎真幸運，遇到了好爸爸和好媽媽!」

「不，」爸爸深情的看著仍躺在病床上的媽媽。「是我們太幸運，上天不僅賜予了我們最好的禮物。」

「而且一次還是雙份。」爸爸笑了起來。

護士看著那張子宮內部的超音波照片，「哇，真奇怪！」

「怎麼了嗎？」媽媽緊張的問。

「不……不是有問題。」護士連忙搖手。

「只是這張照片好特別，妳看。」

母親仰起身，看著那電腦上的圖，黑白的影像中，兩個清晰白色身影，正緊緊靠在一起。

好像兩條小魚，正伸出彼此尚未完全的鰭，親密的勾住對方的身體。而頭顱上的眼睛，正專注的凝視彼此。

「這兩兄弟，」護士笑著說：「將來感情一定好得不得了。」

媽媽看著超音波圖，露出淡淡的微笑，「也許，他們正在鼓勵對方……」

「一定，要一起活下去！」

《22 求婚》

最近哥哥變得很奇怪，有點魂不守舍，好像滿肚子心事。

最近小紅也有些奇怪，有點恍恍惚惚，好像滿懷的心事。

這是哥哥讀研究所的第三個月，距離兩兄弟告別已經整整兩年半了。

哥哥充滿野心，他挑了最嚴格，卻是最有前途的老闆，老闆也就是「指導教授」的稱呼。

他的生命腳步越來越快，也許是早就已經適應了這樣的生活方式。奔跑，再奔跑。

只要他把二十年當四十年用，其實他也可以活得毫不遜色。

可是，最近他突然奇怪了起來。

這份奇怪，來自一種緊張。

與小紅講電話，常常會停住，然後支支吾吾。

小紅剛剛考完試，也許是最近常陪著哥哥唸書，原本成績半吊子的她，開始一步步往上爬。

七年的醫學院，她越走越順利，越學越得心應手。她已經暗下決定，將來要選擇小兒科或者是眼科。

本來她執意要往心臟科的路上走，卻被哥哥的堅持擋住了，他笑著對她搖搖頭，那堅定的眼神阻止了小紅的決心。

原本平靜而快樂的生活，卻被一種緇緊的氣氛所圍繞，小紅變得有點恍惚。路走著走著，會突然笑了起來。

彷彿是感受到了什麼，讓兩個人建立了許久的默契，陷入了一種前所未有的奇妙氣氛裡。

永恆就要來了嗎？

美麗的承諾要實現了嗎？

早已習慣的牽手，多了甜蜜，掌心裡的柔軟，透露著更多與以往不同的感覺。

兩人彷佛感覺到了，就是現在了！

把該說的話，說出來。

於是哥哥開始絞盡腦汁，設計一場浪漫的約會，一次足以感動小紅的美麗求婚。

他打聽了全台北最羅曼蒂克的餐廳，去銀樓挑了美麗大方的鑽戒。

可是，他還是害怕，還是緊張。

萬一，只是萬一，小紅說不，怎麼辦？

所以這一切還不夠，他還需要一樣東西，特別到可以讓小紅永難忘懷，打動芳心的寶物。

他匆忙，他慌張，因為他找不到這樣的東西。

一方面他又刻意在小紅面前裝得若無其事，來掩飾自己的興奮與害怕。

小紅，似乎也感覺到了什麼。

可是她只能靜靜的等待，等待這個即將來臨的時刻，等待了許久，終於要來臨的答案。

一方面她也開始懷疑，也許這一切都是她自己的想像，哥哥的言行失常，哥哥的言語失態，都只是個過渡時期的膠著。

一切都沒有她的事，她只是一廂情願，一場美麗的夢。

於是，心焦的哥哥與期待的小紅，兩個人，組成了一種奇妙的節奏，為他們平淡的生活，演出了一場又一場荒誕但是溫馨的戲碼。

兩個人，兩顆心，正忽遠忽近的呼喚著。

「我們永遠在一起，好不好？」

始終握在哥哥手中，熱得發燙的珠寶盒，他精心計畫每個步驟，只待時機成熟，他就要把一生最大的願望傳達出去。

小紅正安靜的微笑著，看著身旁這個英挺，又帶著斯文氣質的哥哥，突然好想把頭靠在他的肩膀上，很久很久。

此刻，他們不再害怕徬徨。

此刻，他們真正相信彼此。

一個微笑，一個問候，都是幸福的徵兆。

於是他們專心期待著，那個即將來臨的幸福。

「我們永遠在一起，好不好？」

「好。」

小紅聲音很清澈，也很乾淨。沒有半點遲疑，沒有半點疑惑，更沒有不必要的刁難。

這聲「好。」像是北方天空劃過的流星，拖著美麗而閃亮的尾巴，降落在哥哥的心上。

微笑中，哥哥打開了珠寶盒，裡面閃亮的鑽石，在燈光下，一閃一閃。

「恭喜，妳是我的新娘了。」

「呵呵，那你是我的新郎了。」

小紅深深吸了口氣，卻沒有辦法阻止，從眼角滑落的幸福淚珠。

音樂在此刻響起，為了他們的永遠，祝福著。

《23—失蹤》

突如其來的，弟弟失去連絡了。

原本每月按時一封的信件，突然終止，無聲無息的終止。

就在他離開台灣之後的第九百零二天。

最後一封信的地址，是在非洲的一個小國，信中說他遇到一個來自英國的博士，他將深入叢林，尋找改變人類命運的一種植物。

改變命運的植物？愛冒險的弟弟當然不可能放棄這千載難逢的機會，自願跟著那位博士以及當地的土著，浩浩蕩蕩的出發。

從此，就連續兩個月，沒有了弟弟的訊息。

所有在台灣的朋友，都很擔心他。

是不是出了什麼事？

難道他的心臟沒辦法撐過五年，在某個地方猛然停止？

還是非洲那裡有什麼毒蛇瘴氣，弟弟生病無法寫信？

母親的著急，爸爸的嚴肅……小紅的擔心，朋友的關心……

只有一個人，似乎還相信著什麼。

他就是哥哥。

他只是連日緊鎖著眉頭，露出難以置信的表情

「弟弟，應該還活著。」

「只是，他好像在掙扎什麼，很奇怪的感覺。」

每個人都問著，「掙扎？什麼？」

哥哥慢慢的捕捉，那份來自完全相同DNA的直覺。

「還記得，四年前弟弟拼命想考上台大的心情，其實弟弟的成績並不如我這麼好，畢竟他玩得很兇。」

「最後的幾個月，他湧起強大的意志，開始他艱苦但是堅定的過程。」

「那段時間，我都可以感受到他的鬥志，於是我心裡跟著湧起龐大鼓盪的意志。」

「我還記得，那是一種聲嘶力竭，卻依然澎湃有力的吶喊，喊著……」

——我一定會做到！

「現在我心裡的感覺，跟那時候很像……很像……」

「只是……」哥哥又皺起了眉頭，思索著。

所有的人都忍不住一起問道：「只是什麼？」

哥哥想了想，說道「這次好像是……為了某份的執著……因為那聲音正在嘶吼著……」

——我，一定會活下去！

「也許，弟弟現在正遇到什麼事，可是我卻知道，當他的鬥志被激起，就再也沒有什麼事情能難得倒他了。」

「我相信弟弟，他從來沒有讓我失望過，這次也不會。」

《24｜叢林篇》

叢林，是人類一直無法真正征服的領土。

熱帶雨林的多變，不知道吞噬了多少無知的生物。

它是人類一直拒而遠之的溼熱地獄，從此熱帶雨林被冠上赤道神祕地帶的尊號。

直到十九世紀，地球人口急速的膨脹，原本的土地漸漸擠不下以幾何倍數成長的人類。

於是，人類開始往地球的每個角落，伸出破壞的觸角，無法征服的叢林，一把火燒上幾天幾夜，搖身一變，就成了適合栽種香蕉和咖啡的樂土。

火，使叢林急速消失。

但就算人類號稱自己戰勝了叢林，卻從來不敢輕忽，叢林裡永遠存在的，那神祕的奪命危機。

而弟弟勇敢的深入叢林中，對於他來說，生命本來就是即將燃燒殆盡的蠟燭。

如果踏進了叢林裡，會讓他的生命之燭，亮起不同色彩的光芒，他又何懼之有？

於是他自告奮勇的加入這個團隊，也是因為，原本隊伍裡中負責扛重刑器材的一個小弟，臨時生了場重病。

還有，弟弟考慮過，這趟旅行在歷代非洲探險中，其實算是安全的，有熟門熟路的嚮導帶領，還有充足的準備，例如：醫療和儀器。

不過，旅行之所以刺激，吸引探險家前仆後繼的投身其中，就是因為旅行裡，總是隱藏了某些危機，某些未知。

這些危機，有時候只會讓人莞爾，或讓人難以忘懷，但仍有些危機，卻是致命的。

因為，這裡是叢林。

一個人類從來不敢正面挑戰的，神祕國度。

跨過了叢叢的樹林，此刻，探險隊一行人已經走入了雨林的深處。

他們此行的目的，主要是尋找幾種特殊的植物，屬於蔓藤類，但又不同於一般所見的蔓藤。

據說，這是一種生長力極為旺盛，可以一天之內長出一至二公尺的超級蔓藤。

而探險隊的主要目的，就是帶回這種植物進行研究，不僅是為了讓人們了解是什麼激素，或是什麼特殊生長機制，能讓植物生長這麼快速？

最重要的，是希望能夠利用這植物，找到生物學上「快速生長」的謎題，進而利用在醫學、科學，甚至工業上，大量製造人類所需的生化物質。

舉例來說，如果在植物基因中，透過ＤＮＡ嵌入的方式，將人類所需要的藥品嵌入植物中，然後再讓植物大量而快速的繁殖，如此一來，每株植物都等於是人類的一座快速工廠，可以便宜又大量的製造出藥品。

而提出這個「植物快速生長」理論的，就是探險隊的副隊長，也是這團隊的出資者，方博士。

探險隊一行總共有十五人，包括深入叢林多次的領隊，傑克。

副隊長，方博士。

嚮導，利歐亞。

和加上弟弟總共十五人的雜牌軍團。

此時，他們正浩浩蕩蕩的走在叢林中。

只是，他們都沒有發覺，在這片無聲的叢林裡頭，無數雙細小的碧綠眼睛，正悄悄凝視著他們的背影。

《25｜叢林篇 之二》

「大概再三個小時，我們就可以到達土著的村落了。」嚮導利歐亞大聲的宣布著。

「等一下到了土著的村落，先把東西卸下來，我們休息一會兒。」

「為什麼要到土著的村落呢？」弟弟偷偷問身旁的一個人。

「因為要探詢關於超級蔓藤的位置，這裡只有土著知道。」回答弟弟的人，也是黃種人，大概二十五歲左右。

他的名字，就叫萊恩。

弟弟之所以會和萊恩熟絡。是因為弟弟發現，萊恩竟然也會講中文。而發現的原因，更是有趣。

那天，正當一群人浩浩蕩蕩的走在雨林中，忽然一隻手掌般大小的熱帶雨林蚊子，飛到了萊恩的手臂上，咻的一聲叮上一口，

雨林的蚊子咬上一口便痛入骨髓，於是，萊恩忍不住很大聲的罵了一句「操你媽

的。」

就是這一句「操你媽的」響徹了所有的探險隊，更讓弟弟心頭一驚，頓時拉近了兩人的距離。

原本應該是沒有人聽得懂的中國髒話，卻讓弟弟激動的跑到萊恩面前，大聲叫道：「你是中國人？你會說中國話？剛才是操你媽的嗎？」

「啊！是啊！是啊！小子！是操你媽的！就是操你媽的啊！」萊恩也高興的大叫，兩人抱住彼此，歡欣的跳著。

他鄉遇故知，兩人瞬時就成為這趟旅程，最好的朋友。

事實也證明，中國人真是多到數不勝數，遍佈全世界啊。

現在應該是下午三點左右，可是雨林裡，卻如黑夜一片。

頭頂上方的樹叢濃密到遮住所有的陽光，探險隊打開照明燈，亦步亦趨的漫步在雨林裡。

那是一種非常奇異的感受，包圍每個人的，都是黑暗和潮溼。

唯一能做的，只能像是追逐光的飛蛾般，跟著前方的燈，緩緩的邁進，那是一種沒有生命，沒有未來與過去的步伐。

他們只是追逐著光，然後前進，再追逐著光，再前進……再不斷追逐著光，再不斷的前進……原來飛蛾撲火，就是這麼回事啊……當深陷完全的黑暗中之時，是誰都會選擇，往光的地方去……無論光的那頭有什麼。

我們還是會選擇往光的地方去。

永恆黑暗，永遠比不上瞬間的光明。

突然，嚮導和領隊不知道說了什麼，然後轉身和方博士討論著，他們在低頭私語，所以弟弟聽不清楚。

倒是周圍的雜牌軍團，似乎也發現了什麼事，正嘰嘰喳喳的討論起來。

「到底怎麼了？」弟弟問萊恩。

萊恩皺著眉頭，「不對勁，沒有聲音，也沒有光。」

「沒有光?沒有聲音?」

「其實雨林一向是很熱鬧的，動物的聲音和植物的聲音，還有大地的聲音，有時候甚至會覺得它有點吵!」

「可是你聽聽現在，竟然一點聲音都沒有?」

「還有他們說，這條路本來是看得到太陽的……現在竟然完全被樹給遮住了。」

「完全被樹遮住了?」弟弟和萊恩面面相覷，「這表示……樹的生長……太快了嗎?」

突然聽到方博士大叫起來，這是弟弟聽得懂的英文。

「難道就是這裡了?難道就是這裡了?是快速生長的植物遮住了太陽啊!」

弟弟和萊恩對看了一眼，有一種不祥的預感。

叢林的危機感，此刻湧上每個人的心頭。

突然領隊大叫道:「加快腳步，我們快點到前方的土著村莊一探究竟!」

「Yes!」每個人巴不得快點離開這個地方，同聲答應。

探險隊越走越快，一群人拉出一條長線，在深不可測的雨林裡，不斷的前進。

也不知道走了多久，弟弟不禁開始懷疑，兩個小時的路程怎麼這麼久?

他發現每個人臉上都露出惶恐和慌張，似乎全都感覺到了。

村莊呢？應該到了不是嗎？

是不是迷路了？是不是發生了什麼事？

嚮導的表情越來越嚴肅，原本不用指南針的他，此刻卻頻頻觀看指南針，似乎對方向產生了很大的疑惑。

「Stop!」

領隊舉起手，對大家喊道。「先在這裡紮營，明天再趕路。」

弟弟看著領隊，內心被一股強烈的不安所瀰漫，不知道是不是心理作用，領隊的聲音，聽起來好像在顫抖……

《26—叢林篇 之三》

深夜，弟弟睡不著，這是深入雨林的第三十天了，可是從來沒有像此刻般安靜。

夜晚的雨林，其實是很熱鬧的。

夜行動物潛伏的聲音，植物蠕動的聲音，還有滿天閃閃的星光，和偶爾飄來，像風一樣的細雨。

可是，現在的雨林，沒有聲音，沒有光，沒有腳底下土壤的呼吸，彷彿有什麼可怕的東西正在醞釀，把所有的生物都吞噬了。

他好害怕，弟弟按住心臟，卻阻止不了它不安定的鼓動。

恐懼，讓他的心臟更加的不舒服。

「欸，還好吧？」黑暗的那頭，萊恩遞上一杯熱湯。

「謝謝。」弟弟笑著接受了。

「熱湯要存著慢慢喝……」萊恩搖搖保溫瓶，皺著眉頭，「這次好像很嚴重，我從來沒看過嚮導和領隊這麼緊張。」

「嗯。」弟弟啜著熱湯，「應該不會有事吧？」

「希望，畢竟他們是在叢林裡長大的，至少能帶我們出去……」

黑暗中，弟弟好像看到了萊恩嘴角的苦笑。

「睡吧。明天可能還要趕一天的路。」

「嗯……」

萊恩的熱湯緩和了心臟的異動，和他恐懼的心，弟弟很快的進入夢鄉。

探險隊，又走了兩天的路，終於停了下來。然後在方博士的指導下，開始架設儀器，偵測附近的環境，並且利用工具，挖下這裡的土壤以及植物，帶回去採樣。

每個人都安靜而快速的工作著，因為大家都想早點回去，工作時不再聽到快樂的歌聲，不再聽到有人談論酒吧裡哪個妞最辣，哪種酒一喝就醉。

雨林還是很安靜，越安靜，大家就越害怕。

只有方博士，完全不被恐懼支配，一樣活力十足，甚至可以說是歡欣鼓舞。

他的心中，也許認定，這裡就是「植物快速生長」的區域吧。

弟弟卻非常不安，如果這裡的植物可以快速生長，那動物呢？

為什麼全部都消失了？

這幾天，沒見到半隻猴子、野獸，所有可以被稱為動物的生物，一隻都沒看到。

雨林，吞噬了所有動物，接下來，是不是也要吞噬我們了？

《27｜叢林篇 之四》

雨林生活的第四十天。

方博士的研究仍在進行，可是弟弟他們卻看見了，領隊與博士吵了起來。

因為使用的是英文，弟弟低著頭不敢看，耳朵卻努力的偷聽著。

「博士！我們該回去了！這裡很危險！很危險！」

「你在說什麼？這裡沒有半隻野獸！都是植物，哪來的危險？」

「你不懂！我在叢林長大，從來沒遇過這種情形……」

「什麼情形？沒有聲音而已，這算什麼危險？」

「叢林很可怕的！」

「哼。」

兩人談不攏，哼了一聲，賭氣不再講話。

就在此時，不懂英文的嚮導說了一句話，領隊連忙回應「什麼？你說什麼……？」

弟弟聽到這句話，身體忍不住顫動了一下，剛剛嚮導說了什麼？

而且他發現所有工作的人都同時顫了一下。

領隊一句一句翻譯給方博士聽，「以前他有聽過族裡的長輩說，叢林之所以會安靜……」

「是因為移動。」

博士忙問道：「移動？什麼移動？地震嗎？」

「不是，是巨大的移動，不是震動。」

「巨大的移動，就是雨林，雨林，移動了。」

移動？雨林移動？

突然，弟弟站了起來，失聲叫道：「遷移？你是說什麼生物正在遷徙嗎？」

就在此時，安靜的雨林突然發出了聲音，隱隱約約，像是潮水湧過來的聲音，在遙遠的遠方。

「只是遷徙？」方博士皺著眉頭，「這有什麼好怕的？」

嚮導露出恐懼的神色，不斷說著大家聽不懂的語言。

領隊聽著聽著，臉色也變了。

「什麼東西？快來了……？」

那潮水般的聲音響著，不斷的從遠方傳來，每個人都沒說話，驚悚的傾聽這聲音。

領隊突然大喊：「快逃！快逃！別再待了！」

每個人呆了一秒，馬上四散衝入帳篷裡，搶拿自己的物品。

只剩下方博士一個人，他憤怒的抓住領隊。

「你在說什麼！快叫他們回工作崗位！」

領隊瘋狂的笑了起來，「別騙自己了！找不到村莊……不是迷路，不是迷路……」

「是村莊消失了啊！」

——村莊消失了？

每個人，包括弟弟，都有一種打從脊椎冷上來的戰慄。

是什麼東西，讓整個村莊消失？還消失得這麼徹底？

萊恩一手抄起他的行李，喊道：「光！快！別再待了！」

所有人完全不顧方博士的吶喊與憤怒，在十分鐘內，收拾完自己的物品，包括營帳、食物和水。

只剩下方博士一個人心不甘情不願的收拾，大家看不過去，七手八腳，把他的東西一股腦塞進袋子裡。

混亂中，方博士不斷叫嚷著：「小心，那是我的心血……」

「拜託……那很貴……」

「欸！不要碰！不要碰！」

所有的人，終於在二十分鐘內，集合起來。

「Go!」領隊用力一喊。

探險隊，倉皇的撤退之旅，就要開始。

他們或許沒有意識到，這次的逃難，將會成為所有人永遠的惡夢。

《28｜哥哥。日記 之三》

弟弟已經三個月沒有來信了，不只是爸爸、媽媽、小紅和所有的朋友都好擔心。

其實雖然我跟大家保證，弟弟現在安然無恙。

但我也沒有一點把握。

隱約感受得到，弟弟現在好像很慌張，很慌張……似乎正要逃離什麼未知的事物。

關於那個「我要活下去的」感覺……還有一部分我沒說，弟弟他除了熊熊的鬥志，似乎，還有一種必死的決心。

那是一種我從來沒體會過的戰慄，和從來沒體會過的生死交關。

我的天啊，弟弟，你到底遇見了什麼？

會讓玩世不恭的你，這麼惶恐，這麼恐懼？

今晚，好難受。

如果可以，我多希望能飛到你的身邊，以前無論多少危機，我們不是都一起度過的嗎？

可是現在我卻連你在哪裡都不知道……我只能把關心你的心情，不斷的反覆複製，盡可能傳送到遠方，希望你能收到。

你知道嗎？哥哥要訂婚了喔。

所以，你一定要活下去！

知道嗎？弟弟。

哥哥的這杯喜酒，你一定要喝到啊。

我會等你，直到你有消息。

又過一天的日記。日記又過了一天

《29｜叢林篇 之五》

探險隊一行人，有如逃命般不斷的往回程奔馳著。

可是潮水般的響聲，依舊緊緊追著他們，從沒停止過，徘徊在他們的周圍。而且，越來越近，越來越近。

夜，這是他們進入叢林的第五十八天。

他們不知道前進了多少哩路，夜裡除了排班的守夜的人，都因為疲憊而呼呼大睡。

今天，剛好輪到弟弟守班，萊恩則是睡不著，帶著熱湯，陪在他身邊，度過漫漫長夜。

「萊恩，你知道我為什麼要旅行嗎？」弟弟看著深邃的遠方。

「為什麼？」

「因為我要死了，我只剩下兩年的壽命。」

「啊？」萊恩看著弟弟，「你看起來很健康啊……」

弟弟用手指比了比自己的心臟，「心臟，快撐不下去了。」

萊恩惋惜的看著弟弟，輕輕嘆了口氣。「光，那你知道我為什麼要參加這次探險嗎？」

「不知道……」

「這是一種渴望。」

「渴望？」

「沒錯，一種呼喚，我是那種從小就很乖的小孩，唸書前十名，考試前十名，運動前十名，連參加書法美術比賽都只是前十名……」

「沒拿過第一？」弟弟問。

「一次都沒有，我一直都保持在第十名，做什麼都是！可是就沒拿過第一，或者第二，也沒有掉出十名外過。」

萊恩淡淡的嘆了口氣，「有一天長大了，突然覺得厭煩起來，那是一種好落寞的感覺，我的一生，難道就要這樣，沒有享受過半點光榮，沒有受到任何挫折，平平淡淡的度過嗎？」

「如果真有神存在，祂眷顧勝利者，祂考驗失敗者，但是祂對我更殘忍，因為祂……徹底遺忘了我。」

「不騙你，我是真的這麼想的。」

「所以，有一天我突然收拾所有的行李，開始赤手空拳走遍世界。」

「走出了舊有……我才發現，這世界其實很奇妙的。」

「我到過美國，還勇敢的提建言給總統，可惜他沒採納我的意見。」

「我住過奇怪的屋子，每天都有奇怪聲響，勉強算是棟鬼屋吧。」

「還有我參加了非洲探險，遇見了你。」

弟弟笑了笑，「我從來沒想過，人如果一直平凡會是什麼樣子？」

「當然，因為你不是這樣的人啊，你有種發光的特質，就算把你放在角落，你也會照亮那個角落。」萊恩笑著說。

「謝謝。」弟弟又笑了。

不知道怎麼了，只要一靠近這個名叫萊恩的男子，他的心臟就特別安靜舒服。

「為什麼你會想在死前環遊世界呢？」萊恩轉換話題，「你在找尋什麼嗎？」

「找尋什麼？」弟弟雙眼有點迷濛，「我離開故鄉，是為了什麼呢？」

「本來是為了好好享受自己僅存的生命，但是……好像不是。」弟弟慢慢說著，正在捕捉內心裡，沿途中慢慢改變的感覺。

萊恩笑了笑，「光，那你想聽聽我的旅行心得嗎？」
弟弟輕輕的，「嗯。」
「走過各個地方以後，聞到了不同的土地氣味，看到了許多人，也遇到了許多事情，我開始有點懂了，我旅行的意義。」
「旅行的意義？」弟弟彷彿感受到了萊恩此刻的心情，喃喃唸著。
「我旅行，」萊恩仰起頭，深深吸了口氣，「是為了找到自己。」
「那個在大都會隨波逐流的自己，那個遇到危險時驚慌失措的自己，還有那個品嚐美食雀躍不已的自己，在陌生土地偷偷哭泣的自己……」
「走完這一遭，我知道我不再是原來那個畏畏縮縮，老拿第十名的萊恩了，我是完整的自己，就算我今天停下了腳步，我也完整的存在過。」
「而你，」萊恩比著弟弟，「我感覺得到，你跟我不一樣。」
「我？」弟弟雙眼看著天空，「這趟旅行的意義？」
「你在找尋什麼？」萊恩說道。
「我在找尋什麼？」弟弟喃喃重複。
「誰知道?也許是廝守一生的良伴，也許是永遠難忘的回憶，也許……」
「你正在找尋生命的答案，一個生命的出路。」

The Twins
雙胞胎

生命的出路？他看著萊恩，露出不解的眼神。

他講的話，好像在哪裡聽過，是不是歐洲？是不是美國？

好像在紐約某個女人也曾經講過，關於生命的出路……生命的出路嗎？

他跟哥哥重疊的生命裡，一直有種渴望，在他心底，旅行，是讓他找到生命的價值，體會生命的意義，了解到無窮無盡的宇宙裡，自己存在並非絕對，他的降生是上天註定，出生，就是一種偉大的祝福。

所有的病痛，困苦，悲傷，都只是歷程，流過身畔，然後記錄在他的歲月中。越豐富的栽種，就能結成越甜美的果實。

弟弟彷佛感受到，一直存在自己身體裡的黑影，在萊恩的話中，被抽離開了。

那份陰影，消失了。

此刻的他，好舒服。

突然，弟弟不恨了。

不恨那個如影隨形的心臟絞痛，不恨上天為什麼要在二十歲奪走自己正美好的生命，不恨讓他一個人在異鄉品嚐孤單的滋味。

他只想在此刻好好的品嚐，每滴生命賜予的甘露。

他笑了，萊恩也跟著笑了。

突然間，他好想念哥哥，好想念爸爸媽媽，也好想念默默……就在此刻，跟他們說說話，聽聽他們的聲音，看看他們溫柔的臉龐……他用心感謝生命裡每個朋友，每個曾經對他微笑，每個曾經與他擦肩而過的人們。

「離開非洲叢林以後，」弟弟堅定的說：「我要回家。」

「恭喜你。」萊恩笑著說：「你的旅行終於到了終點。」

「那你呢？」弟弟問道。

「我會繼續旅行，因為我的旅程還沒有結束。」萊恩說道。

弟弟伸出手，「我會祝福你。」

萊恩也伸出手，用力的跟弟弟握在一起，「我也祝福你。」

兩個人，兩隻緊握的手掌，相視一笑。

「嗯？」萊恩突然停止了說話，「光，你有沒有聽到什麼聲音？」

「沒有……」弟弟警覺的起身，「怎麼會？一點聲音都沒有……？」

「那像潮水的聲音……停了？」

死寂的寧靜，轉換成一種不安的感覺，讓他們呼吸困難，聲音，為什麼停了？好安靜。

太安靜了。

「快起床！他們來了！來了！」

突然萊恩跳了起來，對著帳篷大吼。

垮……

周圍的樹木劈哩啪啦垮下，大量白色的小蟲暴湧出來，永無停止的白色浪潮，往他們帳篷瘋狂襲來。

一瞬間，他們已經深陷白色蟲海裡了。

白色的蟲……白色的蟲……

好多……啊……啊……啊……

救命……

救命啊……

《30 叢林篇 之六》

「這是，白蟻？」受驚的十五個人，終於恢復了冷靜。

看著在自己周圍，有如驚濤駭浪般的白色蟲海。

「白蟻不會咬人，大家別害怕。」

「剛剛嚇死我了，原來只是白蟻……」

「呼……呼……」

驚魂未定，大家正沉浸在死裡逃生的愉悅裡。

「沒事了！沒事了！被嚇死了……」

突然聽到領隊冷冷的說：「誰說白蟻不會致命的？」

「啊？」

萊恩也跟著說：「沒錯，現在我們的危機還沒解除。如果一直待在白蟻海中，喪命是遲早的事情……」

領隊對萊恩點點頭，又繼續說道：「現在我們都還很清醒，可以把爬到身上的白蟻全部撥掉，但是如果我們睡著了呢？白蟻會順著我們躺下的身體，爬進我們的耳朵、鼻子、嘴巴……」

「你能想像我們肺被白蟻塞滿，胃被白蟻脹破，腦袋裡幾百隻白蟻爬動的感覺嗎？」

聽完領隊的話，沒人接話，大家都只是盯著地上不斷爬動，沙沙作響的白蟻群海，露出厭惡、噁心、恐懼的表情。

「你是說，那個村莊所有的人，就是這樣喪命的嗎？」光問道。

「我猜是的。」領隊點點頭，「不然白蟻又不吃人。」

突然有人吼道：「那！怎麼辦！我們不可能不睡覺啊！」

「怎麼辦！」

「我們不是死定了！」

「我不要這樣的死法！比淹死還恐怖！」

弟弟看著不斷湧到他身體上的白蟻，突然胃袋一陣翻騰，淹死還好，至少會喪失意識，如果被幾白隻蟲爬進身體裡……

在還有意識的時候，帶著幾百陣痛癢和蠕動，活活被悶死……

好可怕……弟弟打從心裡，一陣毛骨悚然。

領隊和嚮導商量了一會兒後，大聲宣布：「目前我們有幾個方法，第一，我們待在原地，撐過這個白蟻的遷徙。」

「可是這是不可行的。因為如果我們撐得過，為什麼村民沒撐過？他們還是被毀滅了，表示這白蟻的遷徙，至少要一個月，甚至更久……」大家鼓譟起來。

「我們不可能不睡覺啊！怎麼辦！一個月欸！」

「對！」領隊又繼續說：「所以我們必須去求救。」

「通訊器材已經全都被白蟻給咬壞了……」

「去求救？要多久呢？」

「以我和嚮導的腳程，多則二十天，少則十天，就會有回音。」

「二十天……」大家面面相覷，這二十天我們撐得過去嗎？

「領隊，還有一個問題。」負責食物的隊員舉手，「我們幾乎所有的食物都被白蟻給破壞光了……」

「把僅存的食物給求救隊吧，我們待在原地，盡量避免體力的流失。」萊恩說道。

「謝謝。」領隊對萊恩頷首，「我一定不會辜負大家的期望的。」

突然有人抓住領隊的衣服，「你們一定要回來！有沒有聽到！」

「不准逃！」

「不可以拋下我們！」

這個舉動，提醒了所有人心中的擔憂，如果領隊他們不回來怎麼辦？如果他們逃走怎麼辦？

「我以我祖國薩蘭佳之名發誓，」領隊堅定的說：「無論如何，我一定會在二十天內回來。」

「#※$%＊#§」嚮導以大家聽不懂的語言，也跟著立誓。

聽到他們的誓言，大家才緩緩安靜下來，可是，立誓又怎麼樣？畢竟，所有留下的人都只是待宰的羔羊啊。

只有等待，也只能等待。

無論等待的那頭，是拯救？還是死亡？

領隊、嚮導，兩個人上路了。

他們幾乎帶走了所有的食物，也帶著所有隊員龐大的希望，堅毅的出發了。

留下的人，以萊恩為首，開始整理僅剩的物品、器材和所有可利用的東西。

當務之急，是隔離白蟻。

他們用工具挖了一個很大的壕溝，把自己圈了起來，當作護城河。

只等著雨林最有名的名產：雨。

淋下來之後，灌滿整個護城河，應該多少可以阻絕白蟻的入侵。

另外，他們更在護城河內圍，燒上一圈火，作為第二層防護。

第二個問題，就是食物。

在幾個較有經驗的叢林老手帶領下，他們分批去尋找叢林裡可食用的植物，雖然幾乎都被白蟻破壞殆盡了。

但是他們仍帶回少許，可以充飢的食物。

一天的食物份量，他們要撐上二十天。

也許是二十天，也許更久。

也許永遠。

《31｜哥哥。日記之四 Page1》

今天去醫院看正在實習的小紅，看到她穿著全身雪白的醫師服，臉上滿是緊張又興奮的微笑。

「今天第一次上手術台喔。」她的雙頰因為緊張而泛紅。我拍了拍她的頭，對她說了聲加油。

她很可愛的笑了笑，就去準備了。

趁著這個機會，我把醫院從一樓到六樓走了一遍。

七樓以上禁止進入。

我對醫院的印象，向來不好。充滿了痛苦、吶喊，和無盡痛苦的地方。

痛苦走進醫院，沒有痛苦才能離去。

所有的痛苦都停留在這裡。

痛苦，變成醫院的註冊商標。

再過幾年，我也會被人用擔架推進來，心臟爆開，壞死，也會是這裡吧。

如果是這樣，我一定不要讓小紅看見。她一定會難受得想哭，而看見她難受的我，一定也無法承受。

每一樓都是陣陣灼熱無望的痛苦喘息。

正當我嘆了口氣，決心要離去。

突然，我發現了不同的東西，這裡不是死的邊緣，而是生的交界。

是的，我停在「產房」的外面。

旁邊是育嬰房，我緩緩走到玻璃旁邊，看著幾個瞇著眼睛，正安詳睡著的嬰兒。

也許是季節的關係吧，春天，是適合誕生的季節。

育嬰房裡有好多的嬰兒。

有的睡著，有的哭著，有的舞動雙手不知道在抓什麼，有的張著好奇的雙眼看著世界……我用手扶在玻璃窗上，呆呆的看了好久。

好可愛喔！

那小小的手指頭，那純真無瑕的眼睛，和那嘴角黏黏的唾液。

好可愛！好可愛！

我彷佛正在欣賞，人間最美好的事物。

直到我回過了神，才發現旁邊不知何時，站著一個男人。

The Twins

雙胞胎

他定定的看著育嬰房裡其中一個嬰兒。
奇怪的是，那嬰兒也望著他。
也許，他們是父子吧，我想。

《32｜哥哥。日記 之四 Page2》

男人看著看著，突然張嘴說話了，而且是對著那個嬰兒。

「你好，從現在開始，我是你老爸了。

我想我要先聲明，因為我不是一個很有錢的老爸，所以當你長大，可能無法讓你過著像王子的生活。

有時候老爸的脾氣會不好，因為工作上有很多困難，現實生活不是只有快樂和無憂無慮，還有很多挫折，這等你長大一點就會懂。

我想你應該慶幸，我和你老媽的感情很好，偶爾吵吵架，但是我們都是深愛對方的。

知道嗎？我從你還在媽媽肚子裡時，就開始注意你了，一個月、兩個月、三個月……

我看著你慢慢長大，把耳朵貼在媽媽的肚子裡，傾聽你的聲音，也跟你一起分享媽媽的心音。

然後，在第十個月的時候，你出生了。

我安靜的在產房外，聽著裡面你媽發出殺豬的聲音，我從來沒聽過你媽發出這樣的叫聲，不過我也從來不知道她抱著你，對我笑的時候，披頭散髮的她是這樣美麗……

第一次抱你，你比現在還要小一倍，紅通通的像隻小猴子，臉上的皺紋多得跟你爺爺一樣。

不過我一眼就認出來了，你的鼻子像媽媽，你的嘴巴像我，還有你瞇著眼睛的模樣，壓根就是你奶奶的翻版。

抱著你，第一次覺得地球是為我轉動，很多事情我從來沒注意到，現在卻都發現了。

原來深夜的星星這麼美，原來你媽也算是美女，原來抱著自己小孩的感覺，這麼幸福。

而你，在我懷中，好輕好輕。

我怕一用力，你就破掉了。

正當我陶醉的時候，你就很不識相的哭了，我只好把你還給媽媽。

將來有一天，你會長大，會開始學說話，開始學走路，開始跟弟弟搶玩具，開始穿制服上學，開始上國中理個平頭，開始對女孩有興趣，然後有一天你會找到深愛的女人，跟她結婚，生個小孩，也許就像我現在一樣，對著自己的小嬰兒，朗朗演講。

這些都是很棒的事情，等你慢慢長大，一一來學習，一一來體會。

世界和生命，都是很奇妙的。

當你呱呱大哭那一剎那開始，當你睜開眼睛看這世界的時候。

你的人生就開始了，人生也許不會都很快樂，也許不會都很幸福，也許會遇到很多挫折，會讓你想對著天空大罵髒話……

但，生命從出生那一剎那，就是美好的開始。

而你無論將來遇到什麼，都是美好的一部分。

你可以大哭，可以大笑，可以為了某個女孩廢寢忘食，也許有時候偷懶不唸書，也許有時候會想放棄。

但是，千萬不要厭惡生命。

生命的誕生，是美好到超乎你的想像。

爸爸此刻正是這樣的感覺，從來就不知道自己為什麼像頭牛來賺錢養家，可是你的出生讓我明瞭到，自己努力的意義。

看著一個小小生命，從自己身體被延續出去，那是一種多美妙的滋味啊！

最後要補充一點，如果你不乖，爸爸還是會罵你，還可能打你，可是這都是為了你好，希望你的未來能夠更順利。

好了，爸爸不打擾你睡覺了。

乖，晚安。

乖乖。

《33｜哥哥。日記之四 Page3》

我站在窗外，呆了好久。雙眼的淚水不聽話的湧出來。

生命，是最美好的開始。

我曾經去怨恨，去埋怨，去扭曲的生命價值，原來是錯的啊。

在看著小小的嬰兒和爸爸「深情」的演講，心中原本的憤怒，被澄清稀釋，變成了跟白雲一樣清澈漂浮的心情。

現在，我心中滿滿的都是感動，我不知道該怎麼說明自己的感覺。

走下了樓，離開了育嬰房，路上依然是充滿哀號的醫院景觀，可是此刻的我，不再排拒，不再感到痛苦。

我反而很專注的看著那些家屬，那關心又憐惜的眼神，在這些痛苦後面，其實隱藏著世間最深摯的情感。

而躺在病床上喘氣的病人，從不停止的掙扎，是因為他明瞭生命的美妙，他知道自己不能放棄，所以他要繼續活下去。

生命的開始與結束，都自有定數，生命永遠會選擇最美麗的時刻來到身邊，而在最適當的時機離去。

不必強求，只要用心的去感受生命裡的分秒。

去努力，去快樂，去悲傷，也學著去珍惜。

生命本身就是無價的。

遠方的弟弟，你說是不是呢？

今天屬於我，我屬於今天。

《34 — 叢林篇 之七》

僅剩下的十三個人，在等待的夜晚裡，會一起唱歌打氣。

一群來自全世界各地的夥伴，以沙啞的歌聲，唱著陌生卻溫暖的民謠，縈營在一片斷垣殘壁之中，周圍是不斷川息流過的白蟻浪濤聲。

於是，所有的聲音，組成了一種奇妙的旋律。

我們彷彿是站在山谷邊緣，盡情舞蹈的舞者。

我們恣意享受生命，就算已經到了最後一刻。

伸出舌頭，品嚐那懸在懸崖旁，枝枒上的蜜珠，就算下一秒會墜落，生命的甜美，仍然會永遠存在心中。

而帶頭唱歌的，就是那有點神祕背景的萊恩。

有一天晚上，他抓著弟弟，突然大唱起《龍的傳人》，唱完又接著唱《當我們同在一起》。

也許是萊恩破鑼嗓子吵得大家睡不著覺，竟然把那些躲在帳篷裡的人，一個個引了出來，於是，大家當仁不讓，都唱起歌來。

優雅的愛爾蘭民謠、強力節奏的非洲音樂，還有熱力四射的拉丁舞曲。

大家彷彿為了宣洩連日來的不安與困頓，張大喉嚨，盡情歌唱著。

嘹亮的歌聲，在雨林深處響起，向大自然宣告著，我們人類永不屈服的決心。

一直到弟弟睏到雙眼閉上，耳中音樂仍盤旋著。

第二天清晨醒來，弟弟委實嚇了一跳，因為周圍的景色已經變了。

除了白蟻仍在不斷流竄的樹海，他們特地圍起來，區隔白蟻的圓形堡壘，原本是一片荒蕪，現在卻已經是一片綠意盎然。

才一天？

所有的植物都發芽茁壯，還以非常強勁的姿態，挺立在風中。

他呆呆的看著地上的植物，難道？

「植物快速生長的謎題。」一直很沉默的方博士，終於開始說話了，「原來就在這裡……」

萊恩走到博士旁邊，拿了兩杯熱湯，一杯給博士，一杯給弟弟。

「博士，到底是怎麼回事呢？」

博士蹲下身，細細撫摸著地上的土壤。

「沒想到，謎底就在這些白蟻身上。」

「白蟻……不是吃樹木的嗎？牠們應該是所有植物的剋星吧？」

弟弟搔搔頭，露出不解的表情。

博士說道：「這是這種白蟻才有的特性，牠們吃光了所有的纖維質，也就是植物的根莖葉，卻在同時，釋放了某種激素，讓植物能快速生長。」

「而植物殘留在土壤裡的種子，或是未完全死亡的根莖，受到激素的刺激，又會以極快的速度復活，開始爭奪土壤裡的養分，爭奪陽光。」

「於是雨林的資源爭霸戰，經過白蟻重新洗牌以後，又再一次重新開始！」

萊恩看著植物，沉吟的說：「這麼說來，白蟻反而算是雨林的更新者……」

方博士笑了起來，「的確可以這樣說，白蟻替雨林清除了所有『異物』，就算是破壞了自身，仍可以快速復原。」

弟弟看著圓圈外面，無窮無盡，不斷湧流過的白蟻流，心中卻是百感交集。

雨林，真的是有生命的嗎？

就像是人體自然的新陳代謝一樣，會排除多餘的毒素，然後重新開始。

「難怪那個嚮導會說是，雨林移動了。」萊恩說著，「白蟻每經過一個地方以後，下場雨，讓植物一復甦，那個地方就是雨林了。」

方博士點點頭，仔細的抓了幾隻仍在掙扎的白蟻，放入玻璃罐中，「回去以後，我一定會解開這個雨林之謎——白蟻。」

突然，周圍有人大聲嚷了起來，「白蟻進來了！哇！哇！」

「怎麼可能？白蟻過不了水啊！」

「靠！是……是植物長得太快，爬過了護城河！」

「所以白蟻順著就爬進來了？」

一陣手忙腳亂，大家合力用工具砍斷長過來的蔓藤，並且撲殺了爬過來的白蟻。

剛喘口氣，另一端又有植物自願當橋樑，引入了另一批白蟻。

於是，所有人開始疲於奔命，這裡喊著救火，那裡喊著地震。

這裡是人命關天，那裡是千鈞一髮。

直到後來，在有人提議下，放一把火燒個乾淨，燒了周圍的植物，才勉強阻止了植物與白蟻的入侵。

大家議論紛紛，「這樣下去不是辦法。」

「可是我們又不能離開這地方，我們必須等嚮導和領隊回來啊……」

「該怎麼辦？」

「該怎麼辦？」

看著圓周外，不斷爬動的白蟻軍團，還有地上被燒得焦黃的雨林植物。

所有的人都面露憂色，我們真的撐得到求救部隊回來嗎？

撐得到嗎？

死亡的恐懼，有如逐漸西沉的太陽，緩緩的降臨到他們的心上。

《35｜叢林篇 之八》

這是叢林裡的第七十五天。

也就是領隊與嚮導離開的第十八天。

出去求救的他們始終沒有回來，周圍的白蟻爬動依然沒有衰減的跡象，食物已經呈現匱乏之狀態，後來幾度組織小隊去尋找食物也都無功而返，附近的所有食物，都已經被白蟻破壞殆盡了。

而且連日的刺激，已經有兩個身體虛弱的團員病倒了。

夜晚，不再有人唱歌。

每日不斷的、不斷的剷除伸入圓周的植物，好像垂死的王國，守住最後一座城堡，抵禦強大的外侮，城堡潰敗，敵人入侵，王國滅亡，是遲早的事情。

此刻，圓周外白蟻仍不斷的發出孜孜聲音，已經有人開始承受不住，發出瘋瘋癲癲的囈語。

唯一的希望，只剩下那兩個，生死未卜，奸邪難判的領隊與嚮導。

這是進入叢林的第七十八天。
求救部隊離開的第二十天。
他們兩個人，沒有回來。

這是叢林裡的第八十二天。
求救部隊離開的第二十四天。
他們依然沒有回來。

進入叢林的第八十七天。

求救部隊離去的第二十九天。

他們仍然沒有回來。

病號激增為八人，其中包括兩個精神異常，意圖想要打開圓周護城河自殺，所以被綁起來的病人。

食物確定完全枯竭。

白蟻之海，卻仍在流動。

滔滔不絕。

進入叢林第九十一天。

求救部隊離去的第三十三天。

病號又增為九人，奇蹟的是，弟弟始終沒有病倒，也許跟每天萊恩的一碗熱湯有關，弟弟雖然好奇，卻永遠無法了解，萊恩為什麼總是有辦法從保溫壺裡倒出一碗熱湯。

唯一不同的是，雨林突然開始降下大雨。
這是以前從來沒看過的暴雨。

《36｜叢林篇 之九—如果我能活下去》

叢林第九十三天。

求救部隊離去的第三十五天。

這是弟弟永遠難忘的一天。

「光！光！」萊恩輕輕的搖著因為肚子餓而昏睡的弟弟。

「方博士好像不行了……」他輕輕的說。

五十歲的方博士，雖然稱不上高齡，可是這個年紀，對於叢林探險來說，已經是應該退休的年紀了。

懷著遠大的夢想來到叢林，探求人類生物祕密的博士，終於只剩下最後一口氣了。

最後一口氣了。

「博士……博士……」萊恩握住博士的手，輕輕的喊著。

「嗯……」博士緩緩張開眼睛，那是沒有生命跡象的空洞眼神。

「博士撐著點，我給你熱湯，好不好？」萊恩聲音有點哽咽。

「不用了……」博士牽動嘴角，似乎想擠出一個微笑。

「真不懂你的熱湯為什麼總是喝不完……」

「省著點喝，就可以喝很久了……」萊恩說著。

「博士，求救隊伍就快到了，您……您一定要撐下去啊……」

「別騙我了……咳咳咳……」博士猛力咳了起來，在地上留下幾道觸目驚心的血跡。

「我知道自己不行了……已經不行了……」博士用力的喘氣。

「不會的！博士！您一定可以撐下去的！」

光用手撫了撫博士的背，他感覺到，手上盡是乾澀的觸感，好枯瘦的身體啊……

原來生命將盡的軀體，是這麼脆弱，這麼乾硬。

好像粉末，輕輕一摸，就會隨風飄散。

博士搖搖頭，看著圓周外，灰濛雨水中，白蟻仍然不斷的爬著，爬著。

牠們從無窮遠的地方爬來，繼續爬向無窮遠的前方。

不知生，不知死。好像永遠不停止的爬著。

「我……二十三歲拿到醫學碩士，二十七歲拿到博士，當時還被譽為前途無量的生物學奇才。」

「二十八歲，我開始鑽研生物複製技術，遇見了她……麗絲。她是一個笑起來，陽光就會在她臉上綻放的女孩……我追了她好久，才用生物技術創作而成的一個心形的基因模型……討到她的歡心……呵呵……說到那個心形基因……可是我嘔心瀝血的傑作……咳咳咳……」

博士又劇烈咳了起來，萊恩和弟弟連忙扶住博士，一口血濺了萊恩一身。

「三十五歲那年……我聽說了……植物快速生長……的祕密……從此我花了十五年……追逐這個植物界最神祕的領域……如果……能找到這個祕密……從此……從此人類可以盡情控制植物……應該一年開花一次的植物……一天就可以欣賞它的花朵……茶葉……蔬菜……甚至人類基因的改革……都可以藉由快速生長機制……完全……完全……掌握在人類手裡啊……」

「這十五年……好不容易……好不容易……它就在我眼前了……只要有這幾隻白

蟻……這個土壤……我就可以完成我的夢想了……就差……就差這麼一點……我不甘心……我不甘心……真的好不甘心啊……」

萊恩和弟弟都沒說話，雙眼充滿了憐憫和悲傷。

追逐了一生的東西，好不容易已經握在手上，生命在此刻，卻要結束了……

「答應我……」博士突然靠自己站了起來，兩個人嚇了一跳，迴光返照？

「如果你們逃出去，一定要把這白蟻和土壤帶出去……求求你們……」

「嗯。」

萊恩堅定的點點頭，在一旁的弟弟，雙眼已經紅了。

「謝謝你們……謝謝……就算……就算……我不能親眼看到這個夢想實現……這夢想還是會完成的……哈哈……咳咳咳……哈哈哈……」

博士伸出手，右手握住萊恩，左手握住弟弟。

蒼白的手，握得好用力，博士把自己最後的心願傳遞了出去。

弟弟緊緊握著。

夢想，是堅韌生命裡，最後一點精華……像是鑽石般透過博士的手掌，來到弟弟手中。

「……我最後要說的是……咳咳咳……我很高興……遇見你們……」

「咳咳咳……很高興……雖然這是一趟不怎麼樣的旅行……可是有好的玩伴……一切都會……咳咳咳……不一樣……」

「你們……一定……會活下去……一定……要活下去……」說完，博士閉上眼睛。

這一秒，博士握在手上的力道，瞬間消逝。

「博士——！」萊恩和弟弟同時大喊起來。

可是，博士又輕輕動了動，「還沒呢……有一句話我要對萊恩說……咳咳咳……把耳朵……湊過來……」

萊恩含著淚水，把耳朵附在博士嘴上。

「你的湯……湯實在不怎麼樣……下次……加點……牛奶試試……」

萊恩忍不住又哭又笑，「是。博士……我一定會照辦！」

博士又說了，「還有……雨下得這麼大……要……注意……河流……」

萊恩一愣，「河流？博士您說什麼？」

博士的意識已經模糊了。

「我要回去找我的麗絲了……十五年了……妳在天堂……等我很久了喔……這次

我告訴妳……我已經把謎底找出來了……下次……又有人生了……害死妳的病……就不會死了……不會……死了……」

「哈哈哈哈……」博士大笑起來。

然後，博士頭輕輕一歪，在笑聲裡，他豪爽的去了。

萊恩和弟弟，在他的屍體前面，跪了好久好久。

原來生命的尊嚴，就是這麼一回事。

《37｜叢林篇 之十》

「光，我們走吧。」

「什麼？」

看著萊恩蹲在地上，拆著帳篷，把所有橡皮類的東西打包成一團。

弟弟覺得莫名其妙。

「博士那句沒有回答的話，還記得嗎？」萊恩看著弟弟。

弟弟皺眉思索，「他說……雨下得這麼大……注意……河流？」

「對！」萊恩說道：「我們來的路上，不是溯過一條河嗎？」

「我們現在就去找那條河！」

「什麼啊？」弟弟很迷惑，「找到河流又怎麼樣呢？」

「如果我沒猜錯……」萊恩露出久違的笑容，「博士在指點我們逃走的路徑。」

「從河流逃走？」弟弟的腦袋光芒一閃。

「沒錯，」萊恩說道：「來，我們各帶一包白蟻和土壤，出發吧！」

「那剩下的人怎麼辦呢？」弟弟問道。

「我跟他們說過了，他們如果還有力氣和意願，會跟著我們來的。」

「嗯。」弟弟跟著扛起自己的那包橡皮用具，他相信萊恩，也相信博士。

「要相信我們自己，」萊恩笑了，「我們一定會活下去。」

走出了圓周護城河，他們踩著腳下無數的白蟻，在雨中前進。

暴雨中的雨林，可真是舉步維艱。

他們不知道滑倒了幾次，全身都是白蟻亂爬，痲癢、痛苦和雨水帶來的冰冷，幾度讓已經飢餓到發昏的弟弟，無力前進。

但是，他們並沒有停止腳步，在雨中，在白蟻群中。

他們握緊僅存的生存希望，不斷的往前邁進。

「**當我們同在一起！在一起！在一起！**」前方的萊恩，不知何時，開始大聲唱起歌來，逗得精疲力竭的弟弟，笑了起來。

「**當我們同在一起！其快樂無比！其快樂無比！**」於是弟弟隨著節拍，也跟著合唱起來。

腳步不再搖擺，速度也跟著加快。
有歌聲的旅程，可以忘記很多痛苦。
有同伴的旅程，可以增加很多快樂。
所以，有你的那段路，一定是最棒的旅程！

「應該就是這裡了。」萊恩和弟弟，終於停住了腳步。

弟弟好訝異，原本十公尺左右的小溪，大雨之下，竟然暴漲到連對岸都看不見。

也只有在河的邊緣，沒有見到半隻白蟻的蹤跡，所有的白蟻都被激流沖走了。

「好大的水流。」弟弟突然膽怯起來，「在這樣的大河裡，我們能活下去嗎？」

「也許不行，」萊恩聳聳肩，「但是如果我們繼續留著，是非死不可……」

「嗯。」弟弟點點頭。

「反正你也只有兩年好活，想這麼多幹嘛？」萊恩說。

弟弟看了他一眼，笑了，「呵呵，也對！再怎麼說，我能損失的都不大。」

「對啊，既然你怎麼玩都不會賠本，有什麼好怕的？」

「嗯！跟它拼了！」

「嗯！拼了！」

兩人把所有可以幫助浮起來的工具綁在身上，萊恩突然喊了句：「光，等一下。」

弟弟轉頭，「怎麼了？你不會要告訴我，你不會游泳吧？呵呵。」

萊恩笑道：「哈哈哈，你的幽默感恢復了，很好。」

「不過，我是要告訴你，來，把這碗熱湯喝了吧。」

「還有熱湯？」

「最後一碗。」

「我真的想問你，為什麼你的熱湯總喝不完？」

「呵呵，這是商業機密，如果我們都活著被救起來，我就告訴你。」

「好，這麼說定了。」

「嗯，說定了，來！喝掉吧。」

弟弟一頭飲乾了熱湯，好暖好暖的滋味啊，從嘴巴慢慢流到喉嚨，然後熱氣在胃袋緩緩滑動，最後隨著血管，湧入手腳四肢八脈。

彷彿這幾天所有流失的體力，一口氣都恢復了。

「走吧！」萊恩握住他的手，「我們岸上見。」

「岸上見！」弟弟說著，「還有，必須跟你說，湯加點牛奶會好喝點。」

「哈哈哈哈，」萊恩大笑，「竟然連你都這麼說。」

「哈哈哈哈哈……哈哈哈哈哈……」

在洶湧的河水中，萊恩的笑聲，依然迴盪在弟弟腦海中。

可是弟弟沒有想到，這竟然會是最後一次，聽到萊恩的笑聲。

跳入水中的一瞬間，弟弟馬上被激流捲入，直接拖入河底深處，四肢骨骸有如浸在冰冷的水銀裡，消失了所有知覺。

隨著驚濤駭浪，他被捲起，摔下，不斷的碰撞，碰撞，碰撞。

身體好像要被拆散了似的，痛、冷，還有窒息，一股腦湧入他的身體裡。

弟弟一下子就失去了意識。

他開始下沉。

《38 夢境 之四—你還在的時候》

場景：無法推斷。只知道是一間房間。

時間：夜晚。

一個老爺爺，正抱著他的孫子，在朦朧的燈光裡，傳來陣陣老爺爺蒼老的聲音，和小孫子嬌嫩的牙語。

呵呵，要爺爺講故事嗎？那爺爺說一對雙胞胎的故事好了。

「好久好久以前，曾經有兩個男孩，哥哥叫做翟，弟弟叫做光。他們是長得一模一樣的雙胞胎……

哥哥比較穩重，弟弟比較活潑。他們從出生，感情就一直很好……

吃飯在一起，上學在一起，連睡覺也在一起。

The Twins
雙胞胎

遇到壞人，兩個人也一起抵抗。

他們可以說，是世界上感情最好的兄弟了……

可是有一天，他們發現自己生病了。

生了很重，很重的病，沒有多少時間可以活了。

於是弟弟決定去旅行，哥哥則決定留下來照顧家庭和女朋友。

弟弟赤手空拳，跑遍了全世界，也遇到了很多很多事，很多很多危險。

可是弟弟不怕，他很勇敢的克服了每個危險……直到有一天，他愛上了一個女孩，可是弟弟知道自己活不久了，所以他們不能在一起，失望的弟弟只好繼續旅行。

留在家裡的哥哥，每天都過著一樣的日子。但是他也很了不起，他照顧爸爸、媽媽和女朋友。

自己則是努力唸書，成績很好。

弟弟常常寫信回家，有時候一個月一封，有時候一個禮拜兩、三封。」

小孫子問道：「爺爺！什麼是信？是跟E-mail一樣的東西嗎？」

爺爺回答：「呵呵，乖孫子，那時候E-mail還不流行。他們的信，都是用筆寫的，還要請郵差先生送到家裡喔。」

「直到有一天，弟弟的信突然斷掉了。很久很久都沒有回音。

哥哥和家人都很擔心，但也只能不斷的祈禱……可是弟弟還是沒有回音。

就在他們快放棄希望的時候……」

小孫子抬起頭，露出可愛的雙眼。

「爺爺，然後呢？怎麼樣了？怎麼樣了嘛！」

爺爺歪著頭，努力的想著。「等爺爺想想……等爺爺想想……」

後來，他們才知道弟弟跑到非洲去了。

非洲是有很多大老虎，很多大象的地方啊。可是弟弟遇到了比大老虎更危險的事情喔，他遇到了很多很多蟲。

像是蟑螂啦、螞蟻的蟲，多到可以把學校的操場都鋪滿……還要更多……更多……

所以弟弟和朋友們，就開始逃走了。

也因為這樣，弟弟才一直沒有辦法寫信，可是蟲實在太多太多了，所以弟弟跑不掉。

所有的人都以為，弟弟死了。可是只有哥哥不相信。

哥哥和弟弟是雙胞胎，他覺得弟弟一定沒有死，只是不知道在哪裡。

直到有一天，哥哥做了一個夢。

一個夢。

夢裡很冷，冷到讓他不斷的打哆嗦。然後他看到很多魚，游來游去。

突然間，哥哥懂了，他在河裡，現在他正在河裡……溺水。

突然他發現了一艘船，他想呼救，可是卻沒有聲音，河水太冷，把他的喉嚨凍僵了。

船打著燈，在暴風雨中前進，一定是為了某些特殊目的，才會在這個時候進入可怕的非洲。

哥哥覺得很累，但是他仍然不想放棄。

於是他不斷的擺動自己的手，划向船隻。

他有一種很奇怪的感覺，這好像不是自己的身體……

很熟悉的感覺……但不是自己的身體……

因為哥哥不放棄。

不斷努力。

最後，他終於靠近了船。

船上的人發現了他，還不斷的說著他聽不懂的語言……

可是有一個字，好像有點熟悉。

就像是他弟弟的名字——

「光……。」

「爺爺，那哥哥有沒有得救？」
「不知道，哥哥後來的夢就醒了。」
「那……弟弟有沒有回家呢？」
「嗯……弟弟……有沒有回家呢？……讓我想想……」

老爺爺正瞇著眼睛，想著這個聽起來荒誕，又毫無趣味的故事。
不知不覺，竟然睡著了。
只剩小孫子睜著大眼睛，等著爺爺的答案。
突然，嘎一聲門打開了。
一個銀髮蒼蒼的奶奶走了進來。

她低聲催促小孫子應該要睡了。

「不要嘛！不要嘛！爺爺跟我講雙胞胎的故事喔……還沒講完啦……」

奶奶笑了笑，「明天再講，好不好？」

「不要！人家要知道弟弟光怎麼了嘛……他去非洲不見了……然後呢？然後呢？」

雙胞胎？光？

奶奶抬起頭看了爺爺一眼。溫柔的笑了。

輕輕的對小孫子說：「弟弟光後來當然回家了啊，弟弟後來還救了哥哥一命喔。」

「救了哥哥一命？」

「不過這就是後來的故事了。奶奶答應你，明天再講，好不好？」

「奶奶不可以騙人喔。」

「奶奶不會騙小孫子的，來，乖，牙刷了沒有？」

「刷好了……」

奶奶牽著小孫子的手，推開門出去了。

房間裡，只剩下打著盹的爺爺，只見爺爺的嘴角，緩緩的畫出一個微笑。

微笑，因為爺爺做了個夢，夢見了自己是個雙胞胎。

他和雙胞胎弟弟，

The Twins

雙胞胎

一起出生，一起吃飯，一起上學，一起睡覺……

那時候，兩個人都還在。

好棒……

真是好棒的夢。

《39 — 叢林篇 完結》

「砰！」

弟弟伸出的右手，緊緊握住了另一隻手。

「抓到了！抓到了！抓到手了！」

「快拉起來！快拉起來！」

「快去準備一些威士忌，還有大毛巾！」

「救到一個了！快點！快點！」

「小子，恭喜你得救了。」

弟弟看著眼前不斷的人影晃動，這裡是……船上？

「嗯……」

眼前這個人似曾相識……好像在隊伍裡看過這個人。

好像……

弟弟大嚷著，「領隊！啊！你是……領隊？」

那個人說，淡淡的苦笑，「是的，我是領隊。」

「你……你……為什麼……為什麼……」

弟弟話還沒說完，腦門突然一陣暈眩，讓他又閉上了雙眼。

連日來的飢餓，加上剛才在冰冷河水裡，浮沉了將近三個小時。

弟弟終於撐不住，昏了過去。

「萊恩！」弟弟一醒來馬上大喊。

他心中懸念的，就是那個與他同生共死的夥伴——萊恩。

「醒了嗎？」在一旁的領隊，遞給他一杯咖啡。

弟弟以充滿懷疑與敵意的雙眼，看著眼前這個領隊。

一時間，卻又無法理解為什麼會被這個人所救？

「你……」弟弟欲言又止。

「先喝杯咖啡，我等一下會把所有的事情跟你說。」

「你……最好有好的理由，來解釋你為什麼拋下我們……我們是多麼相信你，你知道嗎？」

「嗯。我知道……我真的很歉疚……沒想到……」

「等一下！除了我……你們還有救到誰？還有另一個黃種人呢？」

領隊閉上眼睛，輕輕搖了搖頭，「很遺憾，這次探險隊，大概就只剩下……你和我兩個生還者了。」

兩個？

萊恩沒逃出來？

怎麼可能！怎麼可能！

弟弟一陣錯愕，湧上喉嚨，咳了滿床的咖啡。

只聽到領隊繼續說著，「當初出來求救的三個人，也只有我活著……嚮導也罹難了……」

弟弟露出不可思議的表情，「怎麼會……連嚮導也……」

領隊露出痛苦的神色。

「當時我和嚮導決定抄近路，有一條路，雖然難走又危險，還必須穿過叢林的核心地帶，那是連當地土著都不敢接近的死亡地區。可是我們為了趕路，還有一點抱著僥倖的心態，也許整座叢林都被白蟻破壞了，死亡地區裡就算還有什麼生物，也多半被白蟻給清除了。可是，我才發現我們錯了！而且錯得離譜……死亡地區……竟然就是白蟻的巢穴啊……」

「啊……白蟻的巢穴？」

「我從來沒看過這麼多……這麼多的卵。那裡的白蟻，像是瘋了一樣……潛到每個地方產卵。我們像是發瘋一樣不斷的逃著，好噁心，好可怕！那個嚮導逃到一半就發瘋了，他轉身跪了下來，不斷的向他的神明祈求原諒，只是一瞬間，他就變成了白蟻卵巢……」

「我逃了好久，好久，才回到有人的地方，昏迷了整整五天，一醒來馬上就告訴每個人要回到叢林，可是每個人都告訴我，這麼久了，再回去也沒用了，而且也沒幾個人敢回去……直到前幾天，雨林開始下大雨。」

「算準了河水會暴漲，好不容易我找了艘船，逆流開回去，河流上全都是白蟻的屍體，整個河流，看起來好噁心。」

開到一半，發現雨太大，河水太急，引擎無法負載，幸好，正當我放棄希望，準備回去的時候……竟然發現了這個……」

領隊掏出一個銀色的圓柱形物體。

啊？這是萊恩的熱水瓶。

領隊輕輕敲了敲熱水瓶，說著，「是很特別的材料，裡面已經空了。因為發現這個熱水瓶，我才決定停下船，開始搜尋河流……因為……你們可能會從河裡逃出來。很聰明！你們真的很聰明！只有利用大雨，順著河水才能逃過白蟻的死亡陷阱。」

弟弟神色黯然，「可惜想出這個逃走方式的人……沒有逃出來……」

弟弟看著熱水瓶，睹物思人，想到萊恩的笑聲、萊恩的歌聲……

眼淚慢慢從眼眶流了下來。

「別難過。」領隊嘆了口氣，「這是大自然的災難，誰又能預料呢？」

「嗯……」弟弟低下頭，撫摸著水瓶。

「你也很厲害……」領隊說：「你是自己游近船隻的……當時的雨太大……實在看不到你……」

「是嗎？」弟弟好像完全沒有印象，「……我記得好久以前就昏迷了。」

「事實證明……」領隊拍了拍弟弟肩膀，「你們真的很了不起，從一個養尊處優的國家而來，卻展現了讓全世界都豎起大拇指的旺盛求生意志！」

「了不起，真的了不起……」

弟弟沒有再說話，他只是閉上眼睛，默想著這三個月的一切。

從一開始報名參加探險團，到遇見萊恩，恐怖的叢林之行、垂死博士的大笑，還有萊恩遊戲人間的英勇事蹟。

這次旅行給了他好多回憶，卻也同時，奪走了好多東西。

萊恩、博士，還有……整整十多個人的生命。

每個人映在叢林綠光裡的笑容，揮汗在叢林裡彼此扶持的模樣。

還有，萊恩那首《當我們同在一起》破鑼般的歌聲，彷彿還在他腦海中，嘎嘎的播放著。

記憶不斷的流轉。

所有的快樂與悲傷，痛苦與掙扎。

終於都已經結束了。

完完全全的結束了。

來不及帶走的，都讓它留在叢林裡吧。

他只能在此刻，輕輕撫摸著熱水瓶，哀悼所有的一切。

突然，弟弟發現了熱水瓶有異樣。

上面用筆非常潦草的刻著一行字。

這是什麼？萊恩留下來的嗎？

弟弟壓抑住內心的激動，摸著模糊的字痕，一個字一個字慢慢的讀下去。

「光。如，果，你，拿，到，這，瓶，子，表，示，你，已，經，得，救。恭，喜。萊，恩。」

弟弟摸著這一行字，露出不可思議的表情。

萊恩？你到底是何方神聖？

難道你是故意拋下熱水瓶，讓船隻發現我？

這一切的一切，都在你意料之中嗎？「沒想到，萊恩你到了最後，還用熱水瓶救了我一命。」

旋即，弟弟忍不住大笑起來。

「呵呵，這傢伙這麼神通廣大，這種小小河流怎麼會是他的對手？」

「下次遇見你，一定要向你問出來，關於熱湯的祕密。」

尾聲：這次雨林事件總共有五個人得救，後來救難隊又在河流救起了三個人。他們都是遵從博士的方式，從河流逃出來的生還者。

大雨終於在一個月後停止了。連續下了一個月的大雨，沖走了大部分的白蟻。

而雨林在兩、三個月後，又是樹木茂盛，幾乎恢復了舊觀。

所有的人，都見證了一場血淋淋的大自然奇蹟。

而弟弟下一站就要前往美國，完成他旅途中最後一個任務。

把白蟻和土壤，交給博士研究室的研究人員。讓他們把最後的「植物快速生長」祕密給挖掘出來。

附記：搜救隊始終沒有找到萊恩，連屍體都沒發現。

《40 失憶》

美國時間凌晨兩點。

弟弟突然從床上驚醒，他快速轉開旅館床頭的檯燈。

披上外套。

走到七十層樓的落地窗前，凝視著窗外，大紐約的夜景。

遠方，那熟悉的感覺，消失了。

弟弟雙眼湧出了一顆又一顆的淚水。

是的，哥哥，消失了。

「醫師！患者血壓九十／六十！還在下降……」

「脈搏五十！下降中……」

The Twins
雙胞胎

「患者呼吸停止了！」

「快點！準備電擊！快！一百焦爾！快！」

「給患者注射……快點！」

「醫師！患者心跳……停了……」

「電擊……一……二……」

「快住手！停止！停止電擊！這名患者的心臟不能電擊啊！」

「啊！」

「住手……」

住手……我的心臟……

我的……心臟……

「家屬還沒來嗎？」

「已經通知了。」

「患者情況怎麼樣？」

「很難講，就看今天能不能熬得過了……」

「好年輕啊，才二十四歲。」

「對啊，看他學歷，還是我們台大的高材生。同校學弟欸。」

「唉……會活下去吧？」

「這，完全看患者意志了……」

「朱醫師，家屬來了……」

「快請他們進來。」

現在是台灣時間下午兩點，爸爸媽媽在小紅的攙扶下，來到了醫院。

接受這驚人的打擊。

哥哥，車禍了。

根據警察的講法，因為肇事者違規超車，擦撞到哥哥的摩托車，使得哥哥的車子偏離原來軌道，飛往路邊。

本來只是一個簡單的摩托車滑倒，但是路旁剛好有個六歲的小朋友。

於是，哥哥硬生生的把摩托車的方向，給倒轉回來。

這一個倒轉回來，在等待哥哥的，卻是一個巨大而且高速的車輪。

一聲響徹雲霄的尖銳煞車聲，哥哥被狠狠地撞到半空中。

而銀色的摩托車被捲入車輪底下，絞成兩段。

近二十名路人，看得驚心動魄，他們發揮了台灣人少見的俠義精神，緊急把哥哥送往醫院。

據說，哥哥在倒下之前，還摸了摸那個六歲小弟弟的頭，微笑，柔聲的問：「小朋友，沒事吧？」

才剛剛目送小朋友遠去，忽然，哥哥眼睛一翻，直挺挺的倒下。

自此，昏迷不醒。

而肇事者，卻已經逃逸無蹤。

醫院裡頭，媽媽垂淚啜泣，爸爸只是用手輕輕撫著母親抽動的背部。閉著雙眼，慢慢的嘆氣。

小紅則是不斷的問著醫生。

「怎麼樣？他現在怎麼樣？怎麼樣嘛？」

而醫生只能苦笑。

「我們會盡力……」

問著問著，小紅的雙眼浸滿了淚水。

「告訴我，翟他還能活下去？對不對？」

醫師慢慢的說著，聲音裡有著看破生死的無奈。

「我們會盡力，患者的意志……也很重要……」

小紅抿著嘴，望著手術室的燈。

她閉上眼睛，恣意的讓淚水交錯，流滿雙頰。

已經是半個醫生的她，太了解，人類醫學的極限。

能不能活著？醫生不知道，她也不知道，沒有人知道。

一直在生死邊緣戰鬥的她，原本應該早就對死亡麻痹了。

可是此刻，她仍然忍不住，流下了滿頰傷痛的眼淚，因為這一次，倒在她懷裡的，是自己最親最愛的人啊。

翟，你一定要活下來，好不好？

好不好？

弟弟把白蟻交給了博士的研究室，然後以最快速度搭上趕回台灣的飛機。

哥哥還沒死。

沒錯，還沒死，他的直覺正是如此。

只是，消失了。

為什麼消失？

弟弟不知道，可是他從來沒這麼孤獨過，一直不寂寞的他，品嚐起寂寞的滋味，更是加倍酸澀。

缺了一半的雙胞胎，算什麼雙胞胎？

值得一提的是，博士的醫護人員，聽說過弟弟心臟的事。他們堅持，弟弟一定要再回來美國。

他們醫護所裡，除了專攻植物，還有專門研究心臟病變的專家。

因為，博士的太太，麗絲，就是死於心臟疾病。

所以博士提供了大量的獎金給心臟疾病研究有成者。

心臟研究人員表情冷酷的說：「我們學科學的，不時興『報恩』這套，不過，如果有機會，希望你成為我們『研究合作』的對象。讓我們看看你的心臟，有沒有什麼解決之道。」

弟弟笑了，他在研究人員口中，聽到了那麼一絲溫柔。

「好，這次事情處理完，我一定乖乖回來，成為『研究合作』的對象。」

哥哥從手術室出來了。

全身上下，出乎意料的，沒有什麼太大的傷口。

只有頭。

他的頭，被好幾層繃帶緊緊包住，什麼都看不到了。

只剩下一雙眼睛，還有從白布裡延伸出來的兩道管子。

嘶嘶……管子隱隱起伏，彷彿正在呼吸。
氧氣罩？這就是哥哥賴以維生的呼吸器官？
抓著哥哥的手，小紅眼淚又不爭氣的掉了下來。

《41—失憶之二》

哥哥躺在醫院裡，意識仍然沒有清醒。媽媽、爸爸、小紅輪流看護著哥哥。

醫生語重心長的口氣，還迴盪在他們的耳中。

「很不幸，他傷到的是腦。」

「激烈撞擊之下，顱內嚴重出血，有嚴重腦震盪的症狀。」

「還沒脫離危險期，就算他復元了……也要冒著變成植物人的危險。」

這一家人，受過高等教育，忍住大吵大鬧的衝動。

他們只是握住醫生的手，不斷說著謝謝。

不斷的說著謝謝。

他們唯一能做的，也只是說謝謝。

謝謝醫生為哥哥所做的一切。

不哭不吵的他們，更讓人鼻酸。

夜裡，累了四十小時，未曾闔眼的小紅，終於支撐不住，累癱在哥哥的病床旁。

她做了好多夢。

每個夢都好混亂，雜沓紛亂的記憶，飽脹無奈的痛苦，啃蝕著她的夢。

沉睡中的小紅就算閉著眼睛，仍可看見她不斷跳動的眉毛和眼皮。

惡夢！惡夢！還是惡夢！

她真的好無助，好傷心，「翟，翟……你一定要好起來，不要丟下我一個人……求求你……」

她就這樣，帶著滿臉的淚痕醒來，又帶著滿臉的淚痕睡著。

晶瑩的淚珠就好像沙漏，流著流著傾瀉過這個漫漫長夜。

哥哥昏迷的第四十二小時。

時針已經指向深夜。

惡夢不斷的小紅，突然醒了。

她醒了，是因為她感受到周圍有一種聲音正緩緩飄蕩著，那聲音，細細柔柔，緩慢而穩定。

彷彿對著一個親人，娓娓道來，過去與未來。

是的，有人正在說話！

這不是夢！不是夢！

小紅慢慢清醒了……真的有人在說話。

有個人正對著哥哥喃喃說著話，而聲音就是來自那個人。

遲遲的，她沒有睜開眼睛。

因為那聲音，實在好舒服。

低沉的，委婉的，溫柔的。是一種非常接近深夜的聲音。

宛如在沁涼的夜，端上一杯純咖啡，與許久不見的朋友，暢談心事的語調。

是誰呢？

誰在半夜，來到依舊昏迷的哥哥床畔，細說這些輕盈的記憶。

這兩天來的痛苦，混亂，掙扎……都融化在這份聲音裡。

小紅不想睜開眼睛，似乎只要在這個聲音裡，所有的悲傷都會在陽光裡，飛揚成一片片燦爛的微笑。

她不忍心睜開眼，怕再見到滿頭繃帶的哥哥，又會垂淚滿臉。

她不忍心睜開眼，怕只是空無一人的床畔，溫柔聲音瞬即破碎，仍舊是冷清的醫院床燈。

讓發出這個聲音的人，繼續吧。

所有的傷痛，都讓這個聲音，帶到無垠的星空裡飛舞。

永遠的遺忘吧。

突然，聲音頓了頓。

「啊，妳是不是醒了？小紅……姐姐。」

「姐姐？」

小紅微笑起來，依舊緊閉的雙眼，又不爭氣的流下眼淚。

她終於知道，是誰在翟的床畔輕聲細語了。

還有誰，能對翟發出這麼真摯的聲音？

還有誰，能對翟訴說這麼美好的回憶？

「你，終於回來了。」

「光。」

小紅笑了，這是哥哥住院以來，她的第一次真心的笑容。

眼角還有晶瑩的淚珠閃爍著。

《42｜失憶 之三》

弟弟終於回來了。

凌晨三點，踏上台灣本島。

四年不見的台灣，有些改變，有些陌生。

在飛機上看到的台灣島稜線，讓弟弟癡迷注視了好久。

「啊，那是高雄！」

「那是台中港！哈哈！」

「嘿！桃園機場？……終於到了！」

「終於，到了。」

不自覺的，弟弟深深的吸了口氣。

飛機從第二航廈降落，弟弟踩上機場地板的那一剎那。

有一種打從腳底，升到全身的溫暖。

回家了，真的回家了欸。

漂流了這麼久的浪子，終於到家了。

他有種想低頭親吻土地的衝動。

他從來不認為自己愛這片土地，從來不認為，直到剛才為止。

弟弟發現在異國流浪得越久，家的味道就越濃烈。

呵呵。

哥哥，你知道嗎？我回來了喔。

我不知道你怎麼了？怎麼消失了呢？

我的歸來，是為了跟你說聲謝謝，關於那個始終陪著我，不曾離開的哥哥。

弟弟一回台灣馬上打電話回家，問明了哥哥的事情，然後就匆匆的趕來醫院。

在小紅醒後不久，憔悴的爸爸媽媽也趕到了。

醫院裡只剩下弟弟還笑得出來。

「哎呀，這搞不好是哥哥精心策劃的計謀，四年來家人團聚竟然在醫院？」

弟弟拍了拍老哥的肩膀。

「接下來，是不是要蹦一聲，哥哥跳下床，大喊『回家快樂！！』，讓我嚇一跳？」

哥哥依然沉睡。

爸爸媽媽嘴角卻浮現了好久不見的笑容。

真是的！

都出去磨練四年了，還是這麼不正經！

弟弟看著還睡著的哥哥，眉頭皺了皺。

「呵呵，哥哥告訴你一件事喔。」

「你真的是賺到了，小紅姐越來越漂亮了。」

小紅拍了弟弟的肩膀一下。

「呵呵，笨蛋，別亂扯啦。」弟弟仍然笑著。

「小紅姐放心，老哥看起來雖然正經，其實他很好色的。他絕對捨不得美女，所以，他會醒，可能要等一下。但是他一定會醒。」

小紅點點頭，她相信弟弟。微笑，輕輕的說：「謝謝。」

爸爸媽媽對望一眼，在對方眼中，看到了欣慰。

欣慰。

弟弟，你回來真好。

可是沒人注意到，弟弟的手正緊緊的抓著哥哥的手，指節發白。

弟弟想把吶喊傳遞出去。

卻始終，始終沒有回音。

哥哥，你在哪裡？

為什麼……消失了？

這一家人的病房，不知道從什麼時候開始，變成是醫院裡，許多護士和病人家屬最愛來的地方。

因為這裡沒有其他病房，那麼多的痛苦和徬徨。

這裡，不像病房……反而像是『郊遊的地點』。

弟弟、爸爸、媽媽、小紅。

還有一大堆不知道哪裡跑出來的朋友們。

也許是以前兄弟兩人交遊廣闊，弟弟竟然把醫院當作是同學會聚會的據點。

每個人拿著飲料（有人偷拿著酒），大家圍坐在哥哥的床邊，笑談以前的種種。是那個誰誰誰，在訓導處裡偷塞黃色書刊結果被抓個正著。

還有誰偷偷暗戀誰，現在竟然在一起了！

對對對，小朱咖啡泡得最好，現在開店囉，改天殺去他店裡叫他請客！

也談著未來，股票運作傳奇，商場的不可思議，家裡的黃臉婆，打算生十個小孩組成足球隊。

還有誰準備赴大陸投資，信誓旦旦的說要反攻大陸……

沒有朋友來的日子，弟弟就開始埋頭寫信。

寫信，就跟以前玩遍全世界的時候一模一樣。只有寄信，收不到回信的方式，不斷寫著。

有時候，他會專注的看著哥哥。

這個跟他長得一模一樣的人。

看了很久以後。

弟弟又笑了。

「老哥，雖然這樣說有點過意不去，但是我還是覺得我比較帥。」

所有的人，看到弟弟回來，都放下了一顆心。

聽著弟弟在非洲驚險萬分的遭遇。

聽著弟弟流浪歐洲時候的美麗景色。

還有美國大都會的繁華與奔忙。

只是，弟弟並沒有把默默的事情說出來。

因為默默的身影，已經被他深鎖在心底的最深處，不願開啟也開啟不了。

一天、兩天……五天、六天……一個禮拜、兩個禮拜……

朋友走了又來，來了又走。

病房裡，換上了新季節。

單薄的被單添上厚重的紅色毛毯。

台灣的夏天已經接近尾聲，秋天在兩片飄下的脆黃落葉，悄悄的來了。

哥哥依然還沒醒。

關於哥哥一直沉睡這件事，弟弟不疲倦，也沒有人疲倦。

永遠帶著陽光笑容的弟弟，讓每個人都很有希望。

「對啊，連雙胞胎弟弟都這麼說了，應該快醒了……快醒了……」

《43｜失憶 之四—小紅的徬徨》

小紅，算算已經第三天，沒有去探望哥哥了。也許是因為醫學院的課業太忙。也許是此刻的哥哥，有弟弟光在照料，不需要她了。

也許是她害怕，害怕再見到，躺在床上，沉睡中只剩下淺淺鼻息的哥哥。

這是哥哥昏迷的第三個禮拜。

第一個禮拜，她有情感奔騰，腦子裡，充斥著太多的愛與憤怒。

第二個禮拜，她開始感受到病床邊，那寂靜邊緣的深深無奈，哥哥只能躺著，而她只能咬著下唇，靜靜看著。

然後，她突然陷入一種無邊無際的孤獨裡。好冷，好冷……冷到她抱住棉被，直打哆嗦。

第三個禮拜，她的頭腦漸漸清醒，開始思考所有的問題。

畢竟是醫學院的高材生，小紅的頭腦裡，完整的邏輯和機敏的反應，讓她開始思考，關於自己的未來和哥哥的未來。

所有的朋友，也都若有似無的暗示著小紅。

「要走？還是要留？要想清楚啊。」

「留下吧。」

看著哥哥斯文英挺的臉龐，她想著，他們一起經歷的回憶，點點滴滴都在心頭。

從高中那場畢業舞會開始，兩個人在舞步裡，感動了對方。

到後來，哥哥頂著大一新鮮人的勇氣，跨校追求小紅。

後來在陽明山上，那場好笑卻又感人的表白。

在一起後，她越來越能感受哥哥那份，獨有的溫柔。

直到，醫生宣布哥哥身患絕症，她毅然決定陪伴哥哥，僅剩的二十年歲月。

最後，他們兩個在星光燦爛的餐廳，許下永恆的誓約。

她還記得，當時因為喜悅，滑下雙頰淚珠的溫度。暖暖的，溼溼的，映在哥哥的笑靨裡，那一刻，她真的以為自己找到了永恆的幸福。

可是，現在的哥哥腳不能動，嘴不能說，連睜開眼睛，都是遙不可及的夢想。

這樣的哥哥，還能給小紅多少幸福？多少承諾？

「那，就走吧。」

小紅不是沒有想過，幾個醫學院的同學也暗示她，願意給她另一個幸福。

甚至小紅的家人，也是用淡淡的嘆氣，來告訴她，別再遲疑了。

妳還年輕，還有太多的夢沒有完成，太多的事情沒有完成。

守著一具只剩下呼吸的行屍走肉，值得嗎？還好只是訂婚，後悔還來得及，還來得及啊……

小紅好徬徨，她來到醫院，看到了哥哥的爸媽。

他們微笑著，在每個熟練的、照料哥哥的動作裡，彷彿正在淡淡的告訴她，放心吧，這裡有我們呢，妳想離開就放心的去吧。

妳還年輕啊。

我們已經很感謝妳了，妳陪他走過這一遭……

所以，從第三個禮拜開始，小紅開始逃避去哥哥的病房探望。

她不想做決定，她不想拋下哥哥，又不想拋棄自己的幸福……

「我不知道該怎麼辦？我不知道……」

「不要逼我，不要……逼我……」她心底正不斷吶喊著。

直到這天，小紅終於悄悄的溜到醫院裡，她想見見哥哥。

病房裡，卻看到了弟弟。

弟弟正在寫信。

不復往常的熱鬧，不復往常的溫馨。

這裡只有弟弟一個人，伏在哥哥的床邊，安靜的寫信。

弟弟背影裡，小紅彷彿看到了另一個哥哥，她眼睛又紅了。

「小紅姐？」弟弟忙抬起頭。

「妳來了？坐……坐……」

小紅坐下，她端詳著哥哥穩定的呼吸。

安詳的睡著。

心中不斷的翻騰，好難受，好難受。

「光，」小紅說著，「你覺得，我該走？還是該留？」

正在一旁招呼茶水的弟弟，背影輕輕顫了一下。

「老實說，我不知道。」弟弟拿起茶，淡淡笑了。

「先來杯茶，秋天喝茶很棒的。」

小紅接過茶，看著杯中的淡綠色液體，散出非常清幽的香氣。

暖暖的茶香，在多雨的台北秋天，凝成一道芬芳的白霧。

「我哥哥。」弟弟喝了口茶，「生平最得意的事，有兩件。」

「第一件他不好意思對我說，可是我知道。他最得意的就是有個一模一樣的弟弟。每次打架，我們從來沒落單過，偷東西，作弄叔叔伯伯，我們都是兩個。一直到長大，哥哥他的眼睛，總是很有自信的面向前方，因為他知道，他的背部，永遠可以放心的，靠在我的背上。」

小紅微笑了，因為弟弟說話的神氣。那是在哥哥身上，曾經非常令人熟悉的，輕鬆與愜意。

弟弟伸出第二隻手指，「老哥他，關於生平最得意的第二件事啊。」

「很不幸，他也從來沒對我提過，可是，我不用猜也知道，他因為追到了某校的醫學系系花而沾沾自喜……」

「我和他是雙胞胎，雙胞胎有時候，也擁有某種程度的佔有欲。想佔有對方，或是想分享對方的每個祕密。」

「但是，我從來不嫉妒妳。」

「剛開始是好奇，怎麼會有個人，讓老哥每天都一邊洗澡一邊唱情歌？」

「怎麼會有個人，讓死讀書的老哥，蹺明天的期末考去買生日禮物？」

「怎麼會有個人，讓哥哥老是拍著我的肩膀，告訴我女人有多好？」

「後來，我開始認識了妳，才知道，哥哥為什麼會這麼得意，不是因為妳漂亮，不是因為妳舞跳得好，當然更不是因為妳學歷高。」

弟弟輕輕吸了一口氣，「只是因為，哥哥他愛妳，很愛很愛妳。」

「他愛妳，打從跟妳認識開始，他就希望能跟妳分享，生命裡每個最好的時刻，他明明不浪漫，但是對妳，他又浪漫得像個蠢蛋。」

「如果問他心裡最大的願望，他一定會說，希望小紅能夠過得幸福，不管是誰給予的。」

弟弟看了依然沉睡的哥哥一眼。

「所以，如果妳問他要走還是要留？他一定會告訴妳……」

「無論妳怎麼做，我都會支持妳。」

說完，弟弟笑著搔搔頭髮，「說了半天，我好像什麼答案都沒有給妳……」

小紅輕輕搖搖頭，抿著嘴巴，沒有說話。

她只是靜靜的看著沉睡中的哥哥，豆大的眼淚不斷的掉落。

弟弟拍了拍小紅肩膀，走出了病房。

輕輕的帶上房門。

病房裡，傳來小紅微弱的哭泣聲。

弟弟慢慢的走著，把手插在口袋裡。

「今年台灣的秋天，好像特別冷啊。」

《44 失憶 之五》

輕輕的，弟弟推開了病房的門。

哭累的小紅，正伏在哥哥的身旁，靜靜的睡著。

弟弟微微一笑。把毯子蓋在小紅身上。

小紅的臉，正緊緊依靠著哥哥的手，擷取哥哥手上，那溫滑的熱度，甜甜的沉睡。

弟弟小心的收拾茶杯和床邊的信紙。

鏘……鏘……

不經意的，他摔落了一枝筆，打破了原本的寂靜，讓睡夢中的小紅微微動了動。

弟弟歉疚的笑了笑，輕手輕腳的蹲下身撿筆。

突然，他的上方傳來一個熟悉的聲音。

「噓……別把她吵醒了。」

這一瞬間，弟弟停住了動作。

The Twins
雙胞胎

旋即，抬頭。

笑得好燦爛。

「你，你是什麼時候醒的？」

「剛好聽到她的最後一句話。」

「哪一句？」

「我會永遠陪在你身邊，翟。」

弟弟回家的第二十九天。

仲秋，天氣微涼。

窗外，落下了第一片落葉。

《45 妳從來沒有消失過》

這是一個想起默默的夜晚。

這也是第九千九百九十九個，想起默默的夜晚。

弟弟一開始泡咖啡，聞到咖啡的香氣就會想起默默。

默默的那張畫，弟弟從來沒有讓它離開自己的身邊。

畫中的男孩，乾淨的平頭，有點憂鬱的望著遠方。

而一筆淺淺淡淡的嘴唇，總給人一種微笑的感覺。

畫中的人，是弟弟。

「這不是哥哥，這是弟弟。」小紅看到，馬上就做出判斷。

「為什麼？」哥哥和弟弟帶著笑意看著小紅。

「不為什麼。」小紅仔細看著那張畫，「一看就知道，這是弟弟啊。」

「我們不是一模一樣嗎？」兩兄弟對望一眼。在對方眼中，看見了自己的模樣。

「但是，畫中的人，那種氣質，就是專門為了弟弟而畫的。這我敢肯定，畫者應該很重視弟弟……甚至是把弟弟放在心裡……」

「心裡？」弟弟低下頭，喃喃唸著，「把我放在心裡？」

小紅滔滔不絕的說著，「嗯，就是這樣！她畫的是她心裡的那個人，這是弟弟給人的感覺，大家心中的弟弟。不是哥哥的，所以一眼就可以分辨出來……」

哥哥笑了，輕輕抱住小紅。

「說得真好，我的小紅什麼時候變成了鑑賞家了？」

小紅甜甜的笑了。

「這是女人才懂的啦！弟弟我問你喔，幫你畫畫的人，是個女生？對不對？」

弟弟重新拿起畫，仔細的看著。

「對。小紅姐真是神機妙算。」

「嗯。」小紅笑了，「你猜我怎麼知道的？」

「因為筆觸嗎？女生的筆觸比較柔軟？」哥哥提出看法。

小紅搖搖頭，露齒笑著。

「不對……是因為畫中的弟弟，雙眼好深情吻。」

「這可不是平常看得到的，對不對？弟弟，老實說，你在看誰啊？」

弟弟哈哈一笑。不做正面回答，反而拍了拍哥哥的肩膀。

「老哥，小紅姐實在太聰明了，你以後可要安分一點啊。」

在台灣的家中，第一次真正湊齊了全家五個人。爸爸、媽媽、哥哥、弟弟，和小紅。

哥哥身體恢復以後，又回到研究所，努力他的功課。

小紅這個準醫師，也回到應有的軌道上，醫院裡忙碌而刺激的實習生活。

只有弟弟，一個人留在家裡，開始整理他的旅行筆記。剩餘的時間，他總愛到台北縣附近的山上走走。

在山上，他總是很安詳的看著底下那片朦朧的台北城。他的表情，彷彿是一個等待著死亡的隱士。

安詳而優雅的，等待著他的心臟，緩緩的沉寂下來。

全家都知道，五年的期限快到了。

每個人都盡全力，讓生活裡沒有哭泣，也讓弟弟周圍沒有悲傷。他們強忍著離別

The Twins

雙胞胎

的痛苦，依然帶著笑容，在清晨，他們總是神采奕奕的起床，在滿滿的笑聲裡，享受豐富的早餐。

然後在微笑中，一一與弟弟說再見。

回到自己的工作崗位上奮鬥。

弟弟也微笑著。

他明白，沒有哭泣，沒有淚水，只有快樂與笑容。

這是他們對一個垂死的人，所能表達的最深的溫柔。

《46 最後的牽絆 之一》

「光，有你的信！」

小紅從一疊信紙裡，抽出一封深藍色的信封。「看起來很特別喔，好像是從某美國醫學中心寄來的。」

正在餐桌前，輪流偷吃著媽媽晚餐菜餚的哥哥和弟弟，同時停下了動作。

在對方眼裡，看見了一絲疑惑。

「醫學中心？」弟弟放下筷子，快步來到小紅身邊，順手接過了這封信，弟弟握信的手，微微顫抖。

醫學中心？是啊！

他憶起非洲之旅的那段難以形容的日子，那個倒在他懷中，嚥下最後一口氣的博士。那罐費盡千辛萬苦，才帶出來的白蟻和土壤。還有那個生物科技中心，留給弟弟最後的「報恩方式」。

打開信紙，整齊而簡單的英文字體，躍入眼中。

「您好：

這裡是XX醫學中心。

之前聽說關於您心臟疾病的事情，敝研究中心十分感興趣。因為正與敝研究中心的某項計畫，不謀而合。

希望您能參與這次研究計畫。這次計畫，是利用生體移植的方式，製造人體的『第二心臟』來取代病人原本壞死的心臟。

這計畫仍在研究中，臨床實驗尚不足，而且仍有許多難關需要突破。

若是您有意願，希望我們可以合作。

關於這個計畫，比較詳盡的部分，底下的資料有完整的論述。

若您願意，請打××××××××或是將同意書寄到××××。」

在信紙的下方，是一疊厚厚的論文資料。

弟弟翻了幾頁資料，馬上露出莫可奈何的苦笑，並把求救的目光投向小紅。

「小紅姐……」弟弟尷尬的笑了，「聽說妳是唸醫學的？」

「拿來吧。」小紅露出專業的笑容，「很多專有名詞看不懂，對吧？」

於是，弟弟和哥哥兩個人，等著小紅露出沉吟的神色，一頁一頁的翻著那份厚重的論文。

「這是目前相當有名的『生科人體替代計畫』的一部分。」終於，小紅放下了論文，微微喘了口氣。

「目前的『人體替代工程』可分為兩個部分，一是骨骼肌腱等……屬於結締組織的外部構造，這方面生物界已經克服了大部分的困難，而且還有許多相當成功的案例。

但是這份論文，很明顯的是針對第二部分，就是人體內臟的替代。

內臟替代，除了早期腎臟移植已經行之有年外，其實舉凡肝臟、心臟、肺臟……等，都因為不同人的個體會互相排斥，而無法進行長期而有效的移植。

但是隨著生物科技的突破，目前已經有許多的科學家，開始試著用病人自己的細胞，來培製全新的內臟。

這樣一來，只要在病人生病的時候，把原本故障的內臟，換成準備好的新內臟就可以了！」

聽小紅說到這裡，哥哥掩不住聲音裡的興奮，打岔說道：「這樣說來心臟也可以替代！那弟弟不是就有救了！對不對？」

小紅搖搖頭，說道：「不，沒有這麼簡單。因為複製內臟的技術，仍有待許多關鍵技術的突破，就舉心臟來說好了，人工製造的心臟，裡面的肌肉，仍然比不上號稱人類體內，最強韌而永不休息的心肌，因而常常會出現衰竭現象。而且，關於心臟細胞增殖上，也有很大的瓶頸，據說仍然是無法製造一顆完整的心臟，靜脈、動脈、瓣膜……等發育都不夠完全。」

「喔……」哥哥聲音裡有淡淡的失望。

反倒是弟弟很灑脫，他拍拍哥哥的肩膀，微笑的說著，「別太難過，我們不是早就有心理準備了嗎？」

「等等，我還沒說完喔，你們兩兄弟別急著悲觀。」小紅翻著論文，又接著說道：「接下來才是這論文的重點，目前這家醫學中心，正嘗試使用新技術，就是『心臟主幹複製法。』」

「什麼是『心臟主幹複製法』？」弟弟和哥哥同時問道。

「嗯……該怎麼說呢……就是等於先建立一個心臟主幹構造，然後從主幹裡不斷增殖新的細胞，最後成為一個完整的心臟。」小紅說道。

「但這個方式，雖然已經克服了傳統的心臟不完整與心肌不足的兩個問題，但是它仍有致命的瓶頸。第一個瓶頸，就是它需要新鮮的活體心臟細胞來進行實驗，可是心臟病患者往往來不及趕上第二心臟的製成，就先行離開人間了。」

「所以為了克服第一個瓶頸，我們必須提早開始製造『第二心臟』，但是這就產生了第二個瓶頸，我們拿一年前某甲的心臟主幹所製造出來的心臟，第二個人未必能用啊。」

「但是，這論文提到，他們目前最需要的是『心臟主幹複製』實驗證明，若是第一階段成功了，他們有自信在十年內，由『心臟主幹複製』進化到『心臟單細胞複製』。也就是說，只要一個細胞就能創造出一個『第二心臟。』」

「還要十年？」哥哥嘆了口氣，「那弟弟怎麼可能熬得過？」

「不！不！……翟，你還沒想通嗎？」小紅聲音因為興奮而隱隱拉高。

「這篇論文所提到的機會，也就是它的問題所在，一是製造第二心臟時間太長，而病人活不到那時候！」

「所以衍生出第二個問題，必須借用前一個人留下的心臟主幹，但是因為心臟不合，所以就算提前製造也是枉費。」

「所以，時間過長和心臟不適用，就是這個實驗目前遇到的兩個問題！！但這對你們來說根本不成問題！你們懂嗎？因為你們是……是雙胞胎啊！是雙胞胎啊！」

小紅一口氣說完這些話，她的臉因為興奮而紅了起來。

「妳的意思是？」哥哥和弟弟對望了一眼。

好像明白了這兩個問題與他們雙胞胎之間的關連性。

弟弟燦爛的笑了，伸出手，握住哥哥的手。

「我想我懂了，我們兩個裡，至少還有你……」

握著弟弟有力而溫暖的手掌。

哥哥閉上眼，雙眼泛紅。

「只有我。」

「還是靠著你的心臟，才能繼續活下去。」

《47 最後的牽絆 之一》

深夜裡。

哥哥突然拎了枕頭，跳到弟弟的床上。

「欸，我跟你擠，快！快！過去點，冷死了。」

弟弟笑聲中，挪出了床上位置。

「哈哈，想不開啊？你在幹嘛啦。」

哥哥把身體蜷縮進棉被裡，聲音被溫暖包圍，顯得隱隱約約。

「好冷呼。來陪你睡啊，傻弟弟。」

「那小紅姐怎麼辦？」

弟弟咻的一聲，拉回被哥哥奪走的棉被。

「她明天有個醫學小考，現在正在挑燈夜戰。所以我好無聊。」

刷一聲，哥哥又奪回了棉被的主導權。

「哈哈，哥哥，我們多久沒有這樣搶棉被了？」

「不知道勒，好像從國小的時候開始吧。」

「你還記得嗎？媽媽每次看到我們搶棉被搶得這麼兇，都會主動拿另一條棉被給我們。」

「呵呵，我記得，可是我們還是想搶同一條，搶到第一條棉被掉在地上，轉個身，又繼續搶第二條。」

「嗯，那時候只要一想到，這條棉被好不容易蓋暖和了，怎麼可以輕易拱手讓人？就死不鬆手了。」

「對啊，對啊，尤其像這樣的冬天，棉被給我們再多也沒用，咱們兩兄弟總是意見一致，就是要這條棉被。呵呵。」

「嗯……欸！你這次拉得太過去了啦，還一點給我。欸！」

「不——要。有種來搶啊。」

「啊啊，不要以為我們很久沒搶棉被，我就會輸你！」

「很難講，人家說弟弟的力氣比哥哥小的。」

「哈哈哈，是嗎？那今天就來決定誰是哥哥，誰是弟弟！」

於是兩個人，同時抓住棉被，開始急速拉扯。

讓可憐的棉被露出孜孜的哀號。

突然，哥哥裹著棉被，然後往弟弟方向轉幾圈。於是棉被就把哥哥完全裹住了，

「哈哈，這招不錯吧。」

「哼！哼！還早！」

弟弟推著滾成圓筒狀的哥哥，又往反方向滾了回去。

哥哥的棉被於是被弟弟給抓了回來。

「可惡！再來！」

「再來！」

兩個人棉被搶著搶著，正陷入僵局的時候，弟弟突然抓起枕頭，往哥哥身上跳去。

「認輸吧！乖乖當我弟弟吧！」

哥哥頭被枕頭蓋住，嗚嗚發不出聲音。但他隨即用雙手抓住弟弟的腳，用力一扯。

蹦！弟弟翻倒在柔軟的床上。

「來啊！來啊！」哥哥從床上站起來，雙手互拍了一下，充滿挑釁意味。

弟弟翻身而起，也是備戰狀態。

The Twins

雙胞胎

「吼——」

兩兄弟在床上，玩起了激烈的摔角遊戲。

「看我的雙十字剪！」

「吃我這招——奪命剪刀腳！」

「過肩摔！」

「過肩摔算什麼？看我的龍捲風單手過肩摔！」

「哼！龍捲風單手過肩摔算什麼？看我的雷霆霹靂無敵龍捲風單手過肩摔！」

砰！砰！砰！

蹦！蹦！蹦！

乒！乒！乒！

不知道過了多久。

兩兄弟終於打累了。

把手腳攤成大字形，躺在慘不忍睹的床上，大口喘著氣。

「你不錯嘛。看不出來去外面混了這麼久，功夫還沒有退步。」

「哈哈，你也不賴啊，讀了這麼多書，身手依然矯健，竟然可以跟我鬥成平手。」

哈哈……

哈哈哈哈……

夜，隨著呼吸聲，慢慢的沉靜下來。

就在這安靜的夜，聽到哥哥溫柔的聲音。

「……弟弟，我會想念你的。」

「嗯，我知道。」

兩個人，緊緊的擁住了對方。

「再見……我的頑皮鬼弟弟。」

「再見……我的書呆子哥哥。」

「再見。」

這聲再見，終將成為兩兄弟今生今世，最後一次的道別。

清晨七點半，弟弟踏上了登機門。

他沒有回頭看。非常沉穩的腳步，踩著光潔亮麗的機場大廳。

臉上帶著安詳的微笑。

終於，他離開了，台灣。

《48｜最後的牽絆 之三》

上了飛機。

弟弟的眼淚才不爭氣的流了下來。說來奇怪，在聽說心臟絕症之前，他和哥哥都是有淚不輕彈的冷血男孩。

可是，這五年來。流的淚比看一齣日劇加起來還多。

好像感受到了生命已經走到盡頭，才明白生命原來是這麼可貴。

家人的微笑好可愛，因為他們總是單純而憨厚的對你傻笑。

遠方的夢想，這時候特別珍貴，沒有時間之後，才有勇氣放下一切雜物，去追尋夢想的城堡。

身邊的一草一木，在細細的陽光裡輕輕搖擺著，都讓人感到美麗得無以復加。

晴天，雨天，起霧，月圓，星星，城市，海洋……

從來不知道，這些曾讓人深深依戀，或是深感厭惡的生命圖畫。

是這麼深刻。

這麼讓人依依不捨。

讓一個什麼都沒有的弟弟，只能用淚水，來表達他心裡的激動。

只有淚水。

把弟弟心裡一直隱藏著的，真誠而熱情的自己。

完全釋放出來。

飛機跨過換日線，弟弟捨不得睡。美國就在眼前。而台灣終於遙遠到看不見了。

記憶裡，無論他流浪到哪裡，永遠攜帶在他身上的那本「中華民國」護照。

握在手上，弟弟輕輕的把玩著。

他好愛這本護照，似乎只要有了這本薄薄的護照，無論飛得多遠，都能回到自己最溫暖的家裡，再看到母親、父親，還有哥哥的笑容。

照片裡的人，正在微笑。

只是笑容已經模糊了。完全被弟弟的淚水給沾溼了。

沾溼了。

到了機場。

美國醫學中心，特地派人來接弟弟。兩人把手握得緊緊的。

「一切就拜託你了。」

「我知道。」

在抵達美國的第三十五天。

弟弟因為心臟病猝發。病逝於美國××科技中心。

享年二十六歲。

結束了弟弟充滿傳奇與冒險的一生。

《49 最後的牽絆 之四》

聽到郵差的摩托車遠去……

哥哥從信箱裡，拿出了那封深藍色的信件。

信上印著，美國××醫學中心。

哥哥壓抑著悲傷，慢慢打開了信件。

身為雙胞胎的哥哥，他早就知道弟弟在遠方離去的消息。沒有太多的遺憾，全家人也都用悲傷的微笑，來接受這個弟弟離去的事實。

因為他們知道，生命裡曾經存在過一個笑容最燦爛，思考最敏捷，也最古靈精怪的人。

這樣就夠了。

終於，弟弟走了。

哥哥在夢中，彷彿還可以看到弟弟露出笑容，跟他一起搶棉被，一起躺在床上大口喘氣，一起偷採楊桃被追捕……

還有一起抱著說再見……

拆開了信，裡面不是公文式的英文打字。而是非常熟悉，優雅而活力十足的中文字。

弟弟的筆跡，永遠是這麼有力，這麼藍也這麼深。

「Dear 哥哥：

嗨嗨嗨，現在還好嗎？我現在正躺在這個美國醫院裡，全身插滿各式各樣的管子。

他們不僅抽取我心臟的細胞，還不斷的對我做測試，讓我覺得自己好像白老鼠，我想白老鼠被實驗的時候，應該也是這樣的心情吧？

呵呵，不過我覺得很驕傲，因為我是一隻偉大的白老鼠。

用我的心臟，可以救另外一隻大大的老鼠呢。

躺在病床上，看著身旁閃動的儀器，數字逐漸減少。

喘氣越來越辛苦。

突然明白了，自己真的要離開這個世界了。

看到這裡，不要悲傷，千萬不要悲傷，尤其是老媽，她現在一定哭得像個淚人。

我反而覺得現在很輕鬆，也很幸福。

在我的人生裡，其實一直都沒遇過什麼很大的困難。

我有個超美好的家庭，一個超棒的哥哥，超棒的哥哥還把了一個超辣的馬子。

有了這些，我還有什麼好遺憾的呢？說是放不下的，其實還是有。

那是一個名叫默默的女孩，那是弟弟第一次，也是最後一次用心愛過的女孩。

不過，她現在應該正在畫廊工作，或者是當個美術老師吧。

此刻我誠心的祝福她，生命圓滿而順利。

生命真的很奇妙，如果我沒有這顆心臟，我不會周遊世界，我不會了解世界的偉大，可能也不會這麼重視家人。

生病以後，開始學著珍惜每分每秒。

沒想到，我反而得到得更多，更多。

多少人能像我一樣，臨死前，能夠安詳躺在床上回憶往事。

大部分人都會去後悔那些，年輕時來不及完成的夢想。我真的很滿足，很滿足。

尤其知道我的這個心臟，將來可能成為新的主幹，安裝在哥哥你的身體後。

我就覺得好滿足。

那是一種興奮到想對全世界大喊的心情。
『我哥哥可以活下去了！因為我的心臟！我好高興啊！』
然後，小弟不才我，可能要把生命這根棒子交給你了。
看起來，我的終點似乎已經到了。
是啊，終點就在不遠處了。
我可以看見穿著辣妹裝的天使，正張開雙臂歡迎著我。
呵呵。別為這封信哭泣。
我在天堂，一定會祝福你們。

掰掰，你們永遠的光」

讀完了信。
哥哥仰起頭，眼淚掛在笑容旁邊。
信裡頭，那淡淡的、溫暖的氣息，包圍著他，讓他覺得全身好像浸在陽光燦爛的海水裡。
這是弟弟獨特的幽默與溫柔。就算離去也不讓周圍的人感受到絲毫寂寞與悲傷。

哥哥嘴唇動了動，輕輕的唸著：「掰掰，我們永遠的光。」

掰掰，我們永遠的光。

哥哥收起了信。

信封裡卻又意外的掉出一張紙。這次是用英文書寫的一封信。

「你好：

我是他這次計畫的主治醫師。

我想這封信我用親筆寫比較好，藉以表示我對光的敬意。

之所以提筆寫這封信，不僅是因為他幫我們從非洲帶回，可能掀起醫學界革命的重要資料。

這幾天，他還讓我們見證到了真正勇者的情操。

以他的心臟，能撐過十天已屬萬幸。

可是他為了替我們完成所有實驗，也為了讓這心臟可以更確實的造福後人。

他竟然撐過了三十五天，讓生命整整延長了三十五天。用他的意志和殘破的身軀，展現了一次偉大的奇蹟。奇蹟，就在我們所有的醫學人員面前，毫無保留的顯現。

就在他心臟停止跳動的那一剎那。我們所有的工作人員，都忍不住舉起手，對他做了最敬禮。聽起來也許可笑，但是對我們來說，醫學界就是需要這樣的英雄，來證明人類可以挑戰死亡與疾病，而永不認輸。

當然，我們馬上取出了他的心臟。底下這張照片，就是目前保存的心臟。我們有信心，在五年內，完成一顆完美的心臟。

並且請光的哥哥耐心等待。五年後，就讓光的哥哥不再受到心臟疾病的困擾。也讓光的犧牲沒有白費。

這是身為醫學研究者的尊嚴，也是對光的最高敬意。」

闔上信，哥哥抬起頭，很驕傲的笑了起來，「哈哈，我就知道，光這傢伙，全世界都會以他為榮的！」

《50 尾聲》

「快點！快點！婚禮要來不及了！」

「就來了……就來了……」

「哇，小紅，妳好美！」

「呵呵，你在說什麼？你不是早就看過千百遍了，現在不講甜言蜜語我也不會跑掉的啦。」

「不是。妳真的很美啊……」

「嘻嘻……謝謝。」

「小紅，我願意用我生命的全部保護妳，永遠永遠守護妳。」

「我也願意，我也……啊！快點，婚禮開始啦！」

「對喔！快點！快點！衝啊！」

「哈哈哈，我們在婚禮上，跳場熱舞怎麼樣？肯定嚇壞他們。」

「好啊，只是很久沒跳了，妳現在還行嗎？」

「笑話，我比較擔心你，新心臟可以嗎？」
「哈，新的心臟可是一萬匹馬力的，光翟合璧的無敵二人組心臟。」
「嘻嘻，是嗎？馬上就知道了。」
在燦爛的陽光下，兩個熟悉的背影，正快速的奔向禮堂。
是哥哥與小紅，正手牽手的跑向紅毯的那端。

《51 — 尾聲之二》

「作品發表會?進去看看吧……」

一個慵懶夏天的午後，去台中開會的哥哥，因為會議提早結束，而到處蹓躂。

畫廊裡人不少，每幅畫的前面都站著幾個人低頭討論著。

哥哥仔細看著畫，也聽著旁邊的人在討論。

「這是國內目前最有人氣，也最受注目的畫家……」

「對啊，聽說還有國際公司指明要她創作商標圖案！」

「嗯嗯嗯，要買這些畫要就趁早，據說可能會在短時間飆到好幾倍！」

嗯……哥哥看著畫。

他是不懂畫啦，可是他也可以感受到畫中，每筆、每種顏色。

那深深的感情。

激烈的狂舞色彩背後，還有一種羞怯的細膩情感。

讓人不自覺的，就停在畫前，去閱讀這張畫。

The Twins

雙胞胎

他開始幻想，這所謂超級新星長什麼樣子？

應該是個男人，叼著菸，頭髮留得長長的藝術家模樣吧？

哥哥一邊走，一邊天馬行空的亂想著，突然，他停下腳步。

因為一幅畫。

哥哥張大嘴巴，這幅畫？這幅畫不是……

畫中一個男孩，留著平頭，嘴角一抹輕笑。

眼睛正很專注的凝視著某人。

畫中的人，與其說是很像自己，還不如說是很像……

「先生，很抱歉，這張畫是非賣品。」突然，哥哥的身後傳來非常優雅的女聲。

「嗯……我只是覺得這張畫，讓我想起一個非常懷念的人。」

哥哥並沒有轉頭，雙眼瞇成一條縫。

眼角淚光閃閃。

「喔？」女聲透露出好奇，「懷念的人？」

「一個讓我最驕傲的人。」

「嗯。」女聲輕輕的說著，「我畫了這張畫，也是為了紀念某人呢。」

「紀念？」

「那年，我到溫哥華去寫生，遇見了一個男孩，一個有著憂鬱眼神，瀟灑微笑，還有溫柔內心的男孩。

與他在一起的幾個月，是我生命裡沒有辦法忘懷的日子。當時我畫了兩張，其中一張給他，一張留給了自己。

那時候的心情好複雜，羞怯、興奮、快樂，還有早知會離別的沮喪和惆悵。把我的心，填得滿滿的。

這兩張畫，就是當時畫出來的。我後來回想，也許是初戀吧。這麼青澀而深刻的感情，我再也畫不出來了。

所以這張畫不能賣，也不肯賣。

對不起，呵呵，我竟然跟一個陌生的人聊這麼多……

也許……是因為你給我一種很熟悉的感覺。」

依然背對著她的哥哥，肯定的說：「那時妳遇到的，一定是個很棒的人。」

「嗯。」女畫家輕輕的說：「只是不知道，另外一張畫現在怎麼樣呢？」

「它現在很好。」哥哥笑了，「我是說，它一定會被主人好好保存的。」

「嗯，謝謝。」女畫家笑了，非常清脆而令人舒服的笑聲。

「那我先走了。」哥哥微微鞠躬，轉身離去。
臨別時，他看了那個女畫家一眼，脫俗的氣質還有清靈的雙眼。
哥哥嘴角溢出微笑。
「呵呵，弟弟，原來你的眼光很好啊。」
女畫家目送哥哥遠去，露出沉吟的神色。
「好像，真的好像……」
突然，她笑了起來。她想起了那種感覺了。
好像是十幾年前，咖啡店裡，男孩、雀姐和她，那清澈笑聲。
咖啡的香味，男孩的眼神，雀姐的大笑。
都像是美麗的回憶，暖暖的包圍著她。是啊，這樣的感覺回來了。
生命，真是美好啊！

The End

國家圖書館出版品預行編目資料

雙胞胎／Div 著. -- 初版，
-- 臺北市：春天出版國際, 2007 [民96]
冊；　公分. --（Div作品；1）
ISBN 978-986-6899-22-5（平裝）
857.7　　96000545

Div作品 01

雙胞胎

作　　者◎Div
企劃主編◎莊宜勳
封面繪圖◎Blaze
美術設計◎陳偉哲

發 行 人◎蘇彥誠
出 版 者◎春天出版國際文化有限公司
地　　址◎台北市忠孝東路四段303號4樓之1
電　　話◎02-2721-9302
傳　　真◎02-2721-9674
E-mail◎frank.spring@msa.hinet.net
郵政帳號◎19705538
戶　　名◎春天出版國際文化有限公司
法律顧問◎蕭顯忠律師事務所
出版日期◎二〇〇七年二月初版一刷
定　　價◎199元

總 經 銷◎凌域國際股份有限公司
地　　址◎243 台北縣泰山鄉漢口街38號
電　　話◎02-2908-1100
傳　　真◎02-2908-1155
印 刷 所◎鴻霖國際事業有限公司

ISBN 978-986-6899-22-5
Printed in Taiwan